당신의
눈동자에
건배!!

Welcome
Narae Bar!

님을
나래바로 초대합니다.

드림

Welcome Narae Bar!

웰컴 나래바! 놀아라, 내일이 없는 것처럼!

싱긋

2부
나래바 영업중

3부
나래바 셔터를 내리다

4부
번외

들어가며

나래바가 방송을 타면서 나래바에 대한 시청자들의 관심이 높다는 것을 느꼈다. 그중에는 나래바로 체인점을 만들자는 의견도 있었고, 책을 쓰는 게 어떠냐는 의견도 있었다. 술 좋아하는 사람이 술장사를 하면 망한다는 말을 듣고 접었다. 체인점을 내자고 제안하신 분께 말했다.

"정신 차렷!"

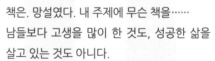

책은. 망설였다. 내 주제에 무슨 책을……
남들보다 고생을 많이 한 것도, 성공한 삶을 살고 있는 것도 아니다.

그렇다고 남들에게 내 삶은 이런 것이다, 라고 보일 만한 것도 없다. 하지만 한 가지 확실한 것은 남들만큼, 어쩌면 남들보다 더 재밌게 논다는 것이다. 흥청망청 사는 거 아니냐는 시선도 있지만, 노는 데 드는 비용만큼은 번다.(나래바를 만든 이유 중 하나는 노는 데 드는 비용을 줄이기 위해서였다.) 사람들과 함께하는 것을 좋아하고, 술을 좋아하고, 음식

만드는 것을 좋아하고, 내가 만든 음식을 먹어주는 사람들의 표정을 좋아한다. 좋아하는 사람들의 인생에서 내가, 내 인생에서 그들과 한때 같이했었다는 것만으로도 기분 좋은 일이고 잘 놀고 잘 산다는 생각. 내 나름의 삶을 즐기는 방식이다. 이것을 기록하는 일은 재밌을 것 같고 꽤 근사한 일 같았다.

숙취 없이 취할 것 같은 그런 책

이 책은 에세이도 아니고 요리책도 아니다. 놀 때 기획하고 컨셉 따지고 놀면 재미가 없다. 일단 개념 없이 생각 없이 놀아야 한다. 그래서 이 책은 딱히 컨셉이라고 할 것이 없다. 딱 나다운 책. 나래바 박사장다운 책을 만들고 싶었다. 단 한 가지, 나는 개그맨이니까 재밌고 신나는 책을 써야지.

요즘은 나래바에 초대해달라는 분들이 많다. 자기가 사는 원룸에 바를 어떻게 만들면 되냐고 묻는 분들도 많다.나래바로 모든 분들을 초대할 수는 없으니, 이 책에서라도 놀다 가시라!

집에서 바를 차릴 자여, 이 책을 보라.
나래바에 대한 노하우를 탈탈 털어 보여주겠다.
지금부터 놀자, 마시자, 취하자, 내일이 없는 것처럼!

에~라 모르겠다. 오늘도 달리자!
개그계의 스테디셀러

인기의 불로장생을 꿈꾸는
영원한 미녀 개그우먼 박나래

술자리의 목표는
한 사람을 골로 보내거나
두 사람을 좋은 곳으로 보내는 것이다
우리 모두 좋은 곳으로 갑시다!

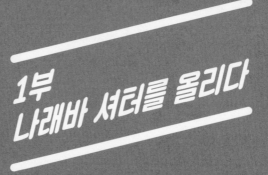

1부
나래바 셔터를 올리다

나래바의 탄생

**"야. 남자 꼬시려고
만든 건데 방송 터지고
사람들 다 온다 그러니
아주 노났겠다!"**

개그맨 김준호 선배가 했던 말이다. 틀린 얘기도 아니다. 쓰레기처럼 놀려고 나래바를 만들었다. 연예인인데 밖에서 놀면 자칫 사고날 수도 있고, 안에서 놀면 너무 늘어지니까, 엠티 온 것처럼 놀면 좋겠다는 생각에서 나래바를 만들었다.

이전에 2006년 KBS 개그맨 공채로 들어왔다. 짧다면 짧고 길다면 긴 무명 10년 남짓. 그사이 잘나가는 선배나 동기들에게 종종 맛있는 밥을 얻어먹었다. 사실 돈주들이 늦게 마칠 때가 많아 술을 더 많이 얻어마셨다. 김준호, 김지민, 강유미, 안영미, 김경아, 권재관 등 수많은 언니 오빠에게 정말 많이도 얻어먹고 마시고 다녔다. 3년 전. 그러니까 내가 지금처럼 개그계 신데렐라로 등극하기 전 암흑의 시간을 보내고 있을 때 김준호 선배가 말했다.

카망베르 치즈

재료: 카망베르 치즈, 메이
플 시럽, 견과류

1_카망베르 치즈에 열두
조각의 칼집을 낸다. 2_전
자레인지(오븐)에 3분간 돌
린다.(칼집 사이로 제 몸들이
녹아든다.) 3_그 위에 메이
플 시럽을 뿌리고 견과류
를 올린다. 4_먹는다.

❝
야, 너 개그맨으로 못 뜨면
술집 차려줄 테니
거기서 마담이나 해라.
술 좋아하니까.
집에 사람들 불러들이지 말고
❞

나래바는 사실 돈을 못 벌던 무명 시절에 수없이 많
이 얻어먹었던 선배 동기들에게 신세를 조금이나마
갚기 위해 만든 공간이다. 나래바가 내 인기의 한 요
인이라면 그건 순전히 나에게 술을 사준 이들의 몫
이다.

나래바 단골들

장도연

푸드파이터, 잔반처리반
필살기: 취하면 나가사키짬뽕 손으로 집어먹기

"선배님, 나 이거
먹어도 돼요?"

"사장님 여기
에쁜 동생들이 있는데
마요네즈 있어요?"

선기루
남자손님 담당, 마요네즈와 버터 담당

필살기: 클러치백에 마요네즈를 넣고 다닌다.
술자리가 절정을 지나 후반부에 돌입할 때
박사장은 취해 방으로 사라지고 그녀는 냉장고를 턴다.
살아남은 자들에게 버터간장밥을 해먹이기 위해
밥에다 버터 반통을 털어넣는다.
술김에 이 음식을 먹은 모든 자들은 다음날까지 토한다.

"어디 연락되는
남자 없니?"

김지민
얼굴마담이자 뉴페이스 담당

필살기: 인맥

"나는
소주 마시지~"

허안나
소주와 괴물 담당

필살기: 술만 취하면 티라노사우르스처럼
소리지르고 뛰어다닌다.

곽현화
나래바의 아고라

정치와 여성문제 담당 노인네이자 입털기 담당
필살기: 취하면 줄창 정치 얘기만 하다
혼자 열불내고 간다.
인권과 정치 얘기를 즐기며 예전엔 마이크로미니스커트
(라 하고 똥꼬치마라 부른다)를 즐겨 입었다.

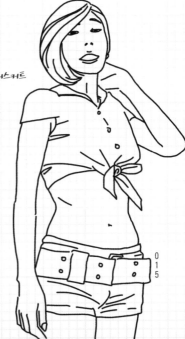

"아~유 그래서 자기
우리 다음에
어디서 마실거야?
나래바 박사장
만쉐만쉐만쉐이"

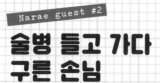

Narae guest #2

술병 들고 가다
구른 손님

배우 **성훈**

다이어트 때문에
술 안 먹고 닭가슴살
돌려 먹던 손님

모델 **송해나**

술 마시려고 운동하는 모델

배우 **안우연**

잠깐만요

배우 **신지훈**

잔망스러운 정우성

0
1
6

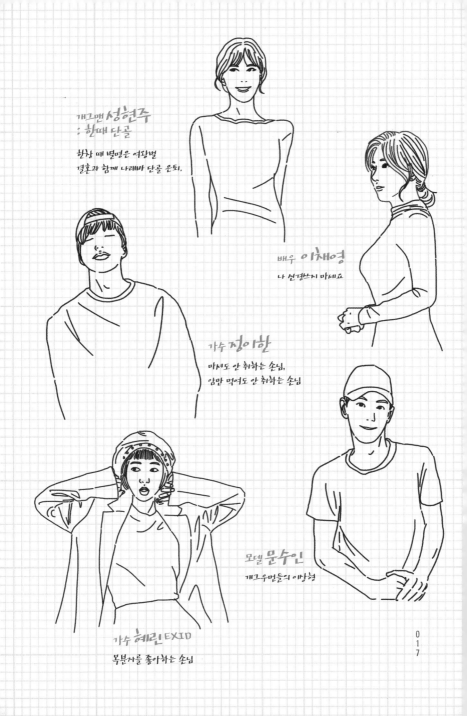

개그맨 성현주
: 한때 단골

한창 때 별명은 여왕벌
결혼과 함께 나래바 단골 은퇴.

배우 이채영

나 선경쓰지 마세요

가수 정이한

마셔도 안 취하는 손님,
암만 먹여도 안 취하는 손님

모델 문수인

개그우먼들의 이상형

가수 혜린 EXID

복분자를 좋아하는 손님

알코올 교육의 성지
나래바 스쿨
_술을 배운 학생들

마자

입학시: 스무 살 때 술을 처음 마셔보고는
자기의 액체가 아니라고 판단, 지난 1년간 금주 집행

하루 교육: 각종 요리와 그에 맞는 술로
덜 깬 혀를 촉촉하게 적셔줌.

교육 후: 혼자 소주 두 병을 마시고 잔다는...

술 못 마시는 사람들도
술술 넘어가는 술

그냥 소주도 되지만,
25~30도로
약간 도수 높은 소주.
언더락 잔에 얼음을 채운다.
1. 잔에 소주를
   1/3 정도로 따른다.
2. 토닉워터와 레몬을 넣는다.
3. 마신다.
   (도수가 높으니 살살 마신다.)

김영희

입학시 : 소주 한 방울만 마셔도 취했던 개그맨

10분 교육: 소주에 토닉워터, 레몬을 넣고
얼음을 띄워 잔을 건네줌.

교육 후: 술의 신세계에 빠져 어제도
오늘도 허우적허우적.

야관문주 공급처
(김호산야초연구소)

전현무

입학시: 술과 거리가 아주아주 먼 아나운서

1분 교육: 나래바로 초대해 야관문주를 따라줌

교육 후: 야관문주를 마신 날,
밤새 잠 못 이루고 박스를 찢었다.
그뒤 술 중독자의 길로.

한윤서

입학시: 술자리 근처에도 가본 적 없는 청정 개그맨

2주 교육: 맥주와 소주의 비과학적
혼합 비율에 대한 실전 경험

교육 후: "선배님의 가르침이 있기에
오늘도 제 앞에는 소맥이 있습니다."

나래바 박사장
생일

HAPPY

BIRTHDAY

2014년 생일

코스프레
패션고자 나래

세상에서 나를 가장 많이
보는 사람은 나다.
매일 아침 거울을 본다.

가장 많이 보는 나를
내가 사랑하지 않으면
누가 나를
사랑할 수 있을까.

코스프레
패션고자 도연

나래바의 출발도 그렇고, 일도 내가 좋아해야 하고
뭐든 스스로 즐기며 한다. 재미없고, 싫고 지루하고
불편하면 견딜 수가 없다. 생일. 이런 자기애가 높은
사람이 태어난 날이다. 이날만큼은 내가
정말 행복했으면 좋겠고, 내 주변 사람
이 나와 함께했으면 좋겠고, 덩달아 함께한
친구들이 재미 있었으면 좋겠고,
나와 함께 있는 사람들이 모두 신났으면
좋겠다. 그래서 지금까지의 생일은
혼자였던 적이 없다.

2012년 생일

코스프레
패션고자 안나

2012년 생일

생일이 다가오면 가장 즐거운 고민,
'올해는 어떤 옷을 입을까'

——————— 2017 생일… 이 놈의 인기는.

——————— 세형이가 작은 선물이라고 준 까만 양말 한 족. 세찬이가 오다 주운 꽃다발.
도연이의 케이크. 이 양말이 까매질 때까지 우리 달리자. 사랑한다. 진심!

어린이
학생회장

초등학교 다닐 때 부모님께서는 학교 앞 상가에서
조그만 문방구를 운영하셨다.

문방구 간판명은 '나래사'. 전교 학생들이 모두 내 이름을 알았다. 학
생회장 선거 때는 부모님들이 학교에 자주 오시곤 하는 부잣집 애들
이 후보였는데, 가난한 집 딸이었던 나는 모두가 아는 '나래사' 브랜드
하나로 학생회장에 당선됐다.

중학교 학생회장

병원장집, 입시학원 원장집 등 공부 잘하고 재력 있는 집안의 딸내미들이 학생회장 후보로 출마했다. 전교 50등 안에 들어야 후보 등록을 할 수 있는데 내 등수가 50등. 재력으로 보나 공부로 보나 이들을 이길 수는 없었다. 다들 포스터에 사진이 있는데, 나만 없었다.

그림을 잘 그리는 친구한테 부탁해서 캐리커처로 포스터를 장식했다. 낡고 해진 슬리퍼 하나를 구해와서, 그때 우리 동네에서 웬만한 스타만큼 인기 좋았던 김대중 대통령의 성대모사를 했다. "이 슬리퍼가 해질 때까지 저는 뛰겠습니다." 결국 박나래 학생회장 당선!

"뽑을라면 뽑고,
말라면 마소"

안양예고 입학한 후에 들었다.
입학시험 면접 마지막에
**"전라도 목포에서 온 박나래고,
뽑을라면 뽑고 말라면 마쇼잉"**
라고 말했는데, 면접관이던 교감선생님께서 하도 당당하니까
뭔가 있나보다 하고 점수를 후하게 줬다고.

가난은 사기도
피해가게 한다 `Narae Story`

영화, 드라마, 시트콤…… 오디션만 100번 넘게 봤다. 한번은 연기 오
디션을 보러 갔는데, 대표라는 분이 뜬금없이 가수 오디션을 보자고
노래방에 데리고 갔다. 노래 한 곡 부르고 나니까 "연예인이 되려면 돈
이 필요하다"고 하길래, "저는 열정만 있지 돈은 없습니다"라고 말하
고 나왔다. 진짜 없었으니까.

시트콤 연기자를 뽑는다고 해서 갔더니 따로
불러서 "다 좋은데 연기력이 좀 부족한 것
같다. 우리 쪽에 연계돼 있는 연기 스쿨이
있는데, 거기서 연기 수업 좀 받아라"라고
하길래, "돈이 없는데 공짜로 가르쳐줍
니까?"라고 되묻고 나왔다.

모히또에 가가지고
몰디브나
한잔 할라니까.

한푼
없을랑가?

"야채볶음밥이 먹고 싶어,
라면 후레이크를 불려 먹어도
그게 힘들다는 생각을 못했다."

그때는 그때라서 좋고, 지금은 지금이라서 좋다 Narae Story

스무살 이후 인형극 아르바이트, 단편영화 엑스트라, 방청객, 불법대출 텔레마케터(한 달 반이나 일했는데도 피해자들 쳐들어올 때까지 불법인 줄도 몰랐고, 내 월급도 안 주고 튀었음, 나쁜 쉐이들!)

각종 오디션에 백 번도 넘게 응모했다가 떨어지고, 〈진실게임〉, 〈팔도 사투리 대회〉, 〈도전 60초〉, 〈팔도 모창대회〉 등 일반인이 TV에 나갈 수 있는 프로그램은 최대한 다 찾아서 출연했고 떨어지기를 반복했다. 예선만 붙어도 마냥 좋았다. 아기가 걸음마를 배울 때 최소 수천 번은 넘어진다는데, 이 정도쯤이야. 나는 이 시절에 딛고 일어날 수 있는 바닥을 다지고 있었던 것은 아닐까. 아무튼 이런 시절도 난 즐거웠다. 지금이 예전보다 잘나가서 그 시절이 좋았지 하는 추억에 얽힌 회상이 아니라, 그 시절에 나는 하고 싶은 일들에 원없이 도전하며 놀았다.

내가 닮은
아버지

방송에서 늘 술을 마시고 있거나, 취해 있을 때가 많다. 하다못해 한 소주회사 모델이기도 했고, 숙취해소 음료 모델도 했었다. 이런 나의 행보를 무척 싫어하는 두 분이 계신다. 할머니와 엄마. 싫어하는 이유는 아빠를 닮았기 때문. 술을 좋아하고 매사 유쾌하셨던 아버지. 격의 없었고, 손재주가 많으신 분이었다. 패러글라이더나 과학상자 등 한창 과학경진대회가 유행이던 시절에 친구들이 아빠한테 와서 만들어 달라고 조를 때가 많았다. 아빠와 함께 낚시도 종종 가곤 했었다. 고등학교 1학년 되던 해에 돌아가셨다. 당뇨가 있었던 아빤 술을 좋아했고 가족들은 모두 아빠가 돌아가신 건 술 때문이라고 생각했다.

바쁜 스케줄 틈틈이 술을 마셔대도 몸관리는 정말 열심히 한다. 술을 마시기 위해 운동도 하고, 술을 마시기 위해 건강보조식품도 챙겨 먹는다. 그러니 할머니와 엄마 건강이나 잘 챙기셔!

갑자기 드는 의문. 할머니와 엄만 내가 술 마시는 걸 싫어하면서 왜 안줏거리를 줄창 보내주실까. 마셔도 건강 생각하며 마시라고?!

역쉬 내 딸내미!

고마 뭇으라.
마이 뭇으따 아이가~

니는 내를 참말로
많이 닮았다!

하숙집
밥심

고등학교 진학할 때, 연기자의 길로 나서야겠다고 마음을 먹고 가족을 떠났다. 학교가 있는 안양에서 하숙을 했다. 지방에서 올라온 애들은 밥을 못 먹고 다녔는데, 나는 정말 배불리 먹고 다녔다. 내가 있던 하숙집은 하숙계의 파라다이스라고 불릴 만큼 음식이 많았고 맛있었다. 그때나 지금이나 늘 사람과 함께 있는 건 마찬가지. 어린 마음에 친구들 10명을 하숙집으로 데리고 가면, 하숙집 어머니가 반가이 맞아주시며 솥단지에 라면 10개를 끓여주시곤 하셨다. 밥을 해주고 그러셨다. 전교 1등 한 성적표가 방송에서 공개된 적이 있는데, 지금 생각해보니 그건 속이 든든해서 이룬 것이다. 순전히 밥심(밥힘)이다. 하숙집 아주머니 정말 고마웠습니다!

내가 잘되고 나서 소속사에서
요구사항을 물었을 때
딱 한 가지만 얘기했다.

"힘들고 고단한 건 괜찮은데
밥은 굶게 하지 말아 달라.
내가 원하는 건 밥이다!"

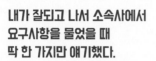

──────── 나는 밥의 힘을 밥심이라 부른다. 밥심이
더 힘도 나고, 밥심이 밥의 마음 같고, 마음은 심장이고,
심장은 하트니까. 결국 밥은 사랑인 것이다.

요리를
좋아하는 이유 Narae Story

**언젠가
'나는 왜 직접 조리하는 것을 좋아할까'
자문한 적이 있다.**

그때 떠오른 답은 인스턴트를 싫어해서다.
군것질을 싫어하니 직접 해먹을 수밖에.
방송국 대기실에 있으면 테이블에 과자와 빵
과 음료수가 놓여 있는데, 나는 웬만큼 허기
가 밀려와도 거의 손대지 않는다. 가끔 나래
바 손님들이 과자를 사오는 경우가 있는데,
정말 먹다먹다 더이상 먹을 게 없을 때 그 과
자를 꺼낸다. 우리집에 오신 손님에게 배달음
식을 먹일 수는 없다. 내가 조리한 걸 내놓지
않으면 흥이 나질 않는다. 맛집에 가서 음식
을 먹고는 만들어 보고 싶었는데, 비슷한 맛
이 나왔을 때의 희열.

야키소바

재료: 사리면, 대패삼겹살,
다진 마늘, 양파, 당근, 양
배추, 쪽파, 계란

1_양배추, 양파, 당근 모
두 채썰기를 한다. 2_대패
삼겹살은 다진 마늘과 소
주(혹은 맛술)를 살짝 넣어
소금, 후추 조금, 간장 한
스푼을 넣고 간을 해서 조
물조물거린 후 재워둔다.
3_약간 꼬들꼬들할 정도로
면을 삶는다. 4_프라이팬
에 기름을 두르고 다진 마
늘을 넣고는 향을 낸 다음
양파, 양배추, 당근을 넣고
볶는다. 5_재워둔 대패삼
겹살을 넣고 볶은 다음 면
을 넣는다. 6_야키소바 소
스를 넣는다.(없으면 돈가
스소스(5스푼)와 굴소스
(1스푼)를 섞어서 만든다.)
7_마요네즈를 뿌리고 반
숙계란을 올리고는 쪽파
를 얹는다. 8_먹는다.

───── 뒤태가 고운 나래바 박사장은
오늘도 안주를 만들고 있습니다.

객지 생활에서의
음식

나고 자란 가정 분위기가 자유로웠다. 내가 원하는 것은 뭐든 할 수 있으면 하라고 하셨다. 연극을 하고 싶다고 해도 하고 싶으면 해. 학생회장 나간다고 해도 붙을 수 있겠어? 자신 있으면 해봐. 안양예고 갈 때도 안양까지 가서 합격할 수 있겠어? 붙을 수 있다고 생각하면 응시해봐. 개그맨도 흔쾌히 원하는 대로 하라 하셨다.

고추장 삼겹볶음
술 안주로 남은
돼지고기 활용법

부대 찌찌개
그렇게 부르던
부대 찌찌개

대학을 서울에서 다녔는데, 처음 맛본 서울 김치가 너무 안 맞아 고생이 심했다. 잘못 만들거나 양념이 덜 된 김치를 실수로 내온 줄 알았다. 무엇보다 익지 않은 김치였다. 고향에서는 김치가 익었다면 묵은지 중간쯤인데. 생김치는 김장철에만 먹는데 왜 이런 김치를 내왔을까. 바닷물의 성분을 알고 싶을 때 한 컵이면 충분하듯이, 식당이나 어느 집에 갔을 때 김치를 먹어보면 대략 그집의 음식맛은 계산이 나온다. 중국집도 그렇지 않나. 짜장, 짬뽕 맛없으면 그 집은 간판만 붙였지 중국집이라 할 수 없다. 탕수육이 제아무리 맛있어봐라, 내가 가는지.

목포에서는 김밥천국에서도
김치가 세 가지는 나올걸?

오징어 볶음

명란젓찌개
명란젓은
좋은 것이다

대학교 다니면서 자취를 했다. 홍제동 근처 반지하에서 친구 둘과 지 냈고, 개그맨이 된 뒤로도 후배와 둘이서 같이 살았다. 돈은 없었고, 무명이 길었다. 외식은 엄두도 내지 못했다. 그때는 거의 요리를 하지 않았다. 되는대로 대충 끼니를 해결하는 정도였다. 그러다가 독립을 하고 사람들을 집으로 부르면서 직접 요리하기 시작했다. 대충 먹지 말아야지. 혼자일수록 제대로 먹어야 하는 거야. 물론 돈이 없었기에 집밖을 나갈 일이 없었다는 것도 한 요인일 테다. 여기서부터 나래바 의 요리 실력이 점점 늘기 시작한 것은 아닐까.

자취생 고수!!
나에게 맡겨!
얍·얍·얍

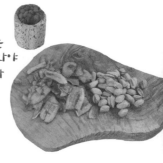

마른 안주는
나무판에 내놔야
있어 보인다

고르곤졸라

재료: 토르티야, 모차렐라
치즈, 크림 치즈, 견과류(없
음말고)

1_토르티야에 꿀을 바르고
그 위에 크림 치즈를 바른
다. 2_1번을 한 번 더 반복
한다. 3_그 위에 모차렐라
치즈를 뜯어서(견과류나 다
진 마늘도 괜찮다) 뿌린 후
전자레인지에 5분간 돌린
다. 4_꿀에 찍어 먹는다.

많은 분들이 식당하시는 엄마한테 요리를 배
우지 않았을까 추측한다. 하지만 엄마는 요리
를 하다보면 의도하지 않아도 어느새 부엌데
기 된다고 딸이 요리하는 것을 싫어하셨다.
그래서 고향집에서는 밥 한번 해본 적이 없
다. 그래도 물어보면 레시피는 잘 알려주셨
다. 한식 레시피의 절반은 엄마꺼.

간장소스를 바른
통삼겹살

나래바에 대한 사명감

전라도 음식에 대한 자부심

요리를 좋아한다.

전라도는 음식을 잘한다는 선입견이 있다.

한 개그맨 선배는 이상형을

"전라도 손맛을 지닌 혼자 사는 여자"라고 말한 적이 있다.

무안과 목포에 계신 할머니와 엄마는 지금도 음식을 보내주신다.

눈을 감고 요리한 적도 많다. 취해도 요리하기를 좋아한다.

오븐에 식빵 굽다가 취해서 그대로 잠든 적도 있다. 큰일 날 뻔했다……

성훈 오빠가
보내줄 체리

통영에서 올라온 싱싱한 굴.
오늘 오실 분들 메시지 남겨주세요.

2017 〈나 혼자 산다〉 여름 나래 학교편
할머니가 차려주신 밥상

김치
할매가 묶은지 꿀단맛
이것만 있으면 모든 요리 올킬

수육

한번 맛보면 또 찾게되는
콩어

광어

초장

잣갈두종류

굴비

고추와된장의조합
이런 막장드라바 같은 맛이마니

칩땡이 남기는
양념전복

엄빠랑드 시술 직전에 먹도되는 **갈비**

방앗간에서 태어난 **인절미**

범고 꼬막을 맛에 **꼬막무침**

제사장게 올라가는데 뭐기 왜 올라온 간지... **육전**

육감적인 **육전**

산낙지와 소고기의 만남 **산낙지**

엄마의 필살기 **병어찜**

김치 맛! 숯 봤냐는데 김치 맛이 먹어서 김치 복음했다는 **낙지 호롱구이**

———— 다들 하루 한끼 이 정도는 차려 드시죠?
동생 결혼식 피로연 때.

레시피의 발견

**음식이 혀에 감겼다면, 레시피를 알아내고
장을 봐서 만들어 먹기까지 이틀이면 족하다.**

식당이나 술집에 갔을 때 나온 음식이 내 혀에 꽂히
면 아무리 취해도 사장님이나 주방장에게 조리방법
을 물어본다. 요즘 조리하는 모습이 방송에 자주 나
와 그런지 은근히 경계하는 분들이 더러 있다. 비싸
게 나오는 안주들이 실은 저렴한 식재료에다 만들
기도 쉬운 경우가 많아, 레시피를 대중에게 전하는
내가 썩 달갑지만은 않을 것이다. 그러다 쟤는 가게
차릴 것도 아닌데 하고 스윽 얘기해줄 때도 있고, 아
예 자리를 피할 때도 있다. 알려줄 것 같은 약간의
희망이라도 보이면, 일부러 틀린 레시피를 넘겨짚
으면서 이야기한다.

"사장님, 맛 보면 대충 두부에 감자와
다진 마늘 넣고, 고춧가루 넣고……"
"아니 아니 그게 아니라, 멸치 넣고 무 넣고
푸욱 끓인 다음에……"

마음 약한 사장님들은 못내 레시피를 상세
하게 알려주시곤 한다. 듣고서 기억을 해뒀다 집에
가는 길에 곧장 인터넷 검색을 한다. 인터넷을 통한
레시피 세계는 두 가지로 나눌 수 있다. 화사한 사진
을 올려 눈으로 맛을 내는 멋쟁이 부류, 치장보다는
맛에 진정성을 두고 조리를 시도하는 혀로 말하
는 생활맨 부류. 여기에 하나 더 넣는다면 모니터들
이다. 이들은 식품회사에서 협찬을 받거나 소정의
원고료를 받는다고 레시피 하단에 표기한다. 가장
피해야 할 글은 '소정의 금액을 지원받아 쓴 글입니
다'이다. 나는 멋쟁이와 모니터는 일단 배제한다. 철
저하게 **생활맨**들이 올린 레시피만 참고한다. 그
들의 글은 **실패**와 **반성**이라는 소중한 유산을 사
실대로 적어놓기 때문에 많은 도움이 된다.

바지락 술찜

재료: 해감된 생바지락, 버
터, 소주, 소금, 후추, 청양
고추, 쪽파

1_냄비를 예열한 다음 버
터를 넣는다. 2_버터가 반
쯤 녹으면 바지락을 넣는
다. 3_바지락이 살짝 입을
벌릴 정도로 볶은 다음, 소
주를 한 컵 넣는다. 4_그
대로 뚜껑을 덮는다. 5_바
지락 입이 다 열리면 청양
고추, 쪽파를 넣는다. 6_먹
는다.

대략 정리하면 아래와 같다.

✓ 먹고 싶은 음식 레시피를 인터넷으로 찾는다.
같은 음식이라도
최소 다섯 건 이상 검색한다.
서로 겹치는 재료나 레시피를
순서대로 메모한다.
머릿속으로 조리해보며,
응용할 거리들을 생각한다.
인터넷으로 장을 본다.
식료품이 도착하는 즉시, 조리해서 먹는다.

영원히.

내 배는 내 손으로,
나의 인생은 내가!

나래바 요리의 기본 재료

양파

볶음요리 단골.
달달하고
식감이 좋고 맛있다.

양배추

요리계의 마당발.
볶으면 빵 굽는 냄새가 난다.
씹는 식감이 좋다.

다진 마늘

모든 요리의 신.
향도 맛도 잡아준다.

계란

요리계의 철면피.
어떤 재료와 붙어도
낯가림 없이 어울린다.

굴소스

신이 내린 소스.
똥손이 조리해도
굴소스를 투입하면
절대 망하는 요리가 없다.

고기

치아의 존재 이유.
씹을거리. 그래야 배를 채워
든든하게 술을 마실 수 있다.

토르티야

천만 가지의 요리를
고급져 보이게
만들 수 있다.

대파

국요리 단골.
시원하고 칼칼하다.

쪽파

없어 보이는 음식
쪽팔리지 않게
멋부리기에 좋다.

칵테일 새우

호불호 없는 소재.
새우요리 싫어하는 사람 있나.

김치

요리의 끝판왕.
나래바와 다른 바의 차별점.

우리 엄마는요 Narae Story

고등학교 때 아빠가 돌아가셨는데 힘든 내색 없이 우리 남매를 키우셨다. 지금도 전화하면 첫 마디가 '밥은 먹었냐'고 딸의 끼니부터 물어보시는 우리 엄마, 사랑스러운 엄마를 소개합니다.

우리 엄마는요, 연예인인 저에게 목포에 내려갈 때마다 연예인처럼 입고 오라고 한 사람. 제가 사드린 옷은 마음에 안 드신다고 다시 택배로 돌려보내는 그런 분입니다. 우리 엄마는요, 〈아침마당〉에 한복 입고 출연하는 것이 소원이었대요. 연예인 나래 엄마로 출연하는 것이 소원이랍니다. 우리 엄마는요, 개그맨 박성광 오빠가 목포에 공연이 있어 갔다가 잠시 엄마 가게에 들러 인사만 하고 돌아서려는데, 엄마가 급하게 종이백에 뭘 싸서 나오시길래, 오빠가 괜찮다고 괜찮다고 팔을 저었지만 끝끝내 쥐여주면서, 나래 옷인데 서울서 만나면 꼭 좀 전해 달라고 하셨던 그런 분이에요. 우리 엄마는요, 공짜로 받은 20년 된 그랜저를 타고 다니셨는데 제가 일이 좀 풀리고 나서 차를 바꿔드린다고 하니까, 타던 차가 좋다고 됐다고 됐다고 극구 사양하시더니, 그날 밤 제게 전화를 걸어 아우디라는 차가 있냐고 물어보신 분이 우리 엄마랍니다.

───── 낙지 탕탕이와 된장찌개

───── 매콤한 칼국수

"동료 개그맨들이
엄마 가게 부근을 지날 때면
종종 들르곤 하는데,
나의 분신 같은 동료들,
정말 고맙다!"

두 명의
엄마 　Narae Story

나는 생각보다 살가운 사람은 아니다.

할머니한테 전화를 드리면, 다짜고짜 들려오는 소리

"뭐 필요한 거 없어?"

집안 사정으로 8살까지 할머니랑 살았다.

내겐 엄마가 두 명인 느낌.

나는 할머니가 정말 좋다.

지금도 믿고 의지할 만큼.

표현은 잘 못하지만.

개그할 때는 무작정 오버하는데,

이런 가족과의 애정표현은 잘 안 된다.

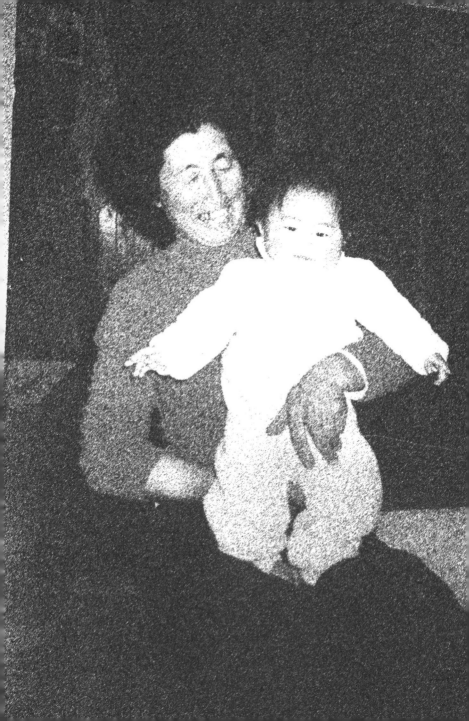

사람에 대한
집착

22살부터 개그계 활동을 시작했다. 어릴 때부터 일을 해서 그런지, 인맥이나 마당발이 방송일의 출발이자 생명이라 생각한 적이 있었다. 무명이라도 직업이 직업인지라 선배들 친구들 따라다니며 수많은 술자리에서 참 많은 사람들을 만났다. 그중에선 유명한 분들도 많이 보았다. 한번 만나면 친해졌고, 친해지면 천년만년 오래가야지 하는 집착을 가졌고, 매일 생각했다. 유명인들에게 기대야겠다는 생각. 나를 띄워줄 하나의 끈. 이들을 통해 내가 유명해질지도 모른다는 생각. 그 생각들 이전에 이들과 관계가 지속되었으면 좋겠다는 생각. 사람에 대해 기대를 하다보니 오버하게 되고 자꾸 들이대게 됐다. 그러다보니 관계를 불편하게 만들었다.

——————— 어디 보자~
내가 좋아하는 사람들 여기 다 모였네.
(그런데 언제인지 기억도 안 난다.)

———————— 개그계의 미녀 삼대천왕 중 두 명이 여기 있다.
언제나 고마운 나의 절친 김지민.

"다음에 술 한잔 해요"라는 멘트를
보내는 사람은 그다지 중요한 사람이 아니다.
"다음주 금요일 오후 5시 홍대에서 보자"는
멘트를 날리는 사람이 중요하다.

"억지로 만든 인맥이 얼마나 가겠는가.
부담스럽게 연락해서 불편하게 하고.
정작 곁에 있던 사람들에겐 주사만 부리고"

27살 전후로 인간관계에 대한 집착을 줄였다. 서로에게 기댈 데가 없
거나 혹은 기대가 없으면 언제든 깨질 수 있는 관계가 싫었다. 계속 뭔
가를 주면서 바라는 것도 싫었다. 곁에 있는 좋은 사람 챙기기도 시간
이 부족할 판에, 새로 만나는 사람들에게만 집착해서야…… 오는 사
람을 막지는 않지만 애써 관계를 이으려 하진 말자. 시간에 맡기자. 자
연스럽게 자기에게 맞는 사람은 남고 그렇지 않으면 저절로 걸러지고
걸러지는 것이 사람 관계. 그러다보니 예전만큼 새로운 술자리에 나가
는 횟수가 부쩍 줄었다.

여행 또
가자가자~~

마흔세 살 교수랑
맞선 어때?

인지도가 올라가고 인기라는 것이 생긴 것은 3년 전쯤이다. 인기 타이밍에 대해 감사함을 느낀다. 장녀가 객지에서 개그맨이라는 직업을 가지고 무명 10년째를 보내고 있는 것이 딱했던지 엄마는 내게 공무원 준비를 해보는 건 어떠냐고 넌지시 물으셨다. 대학교 졸업장은커녕 고등학교 때 영어수업을 일주일에 두 번밖에 안 들었던 사람인데. 전화 드릴 때마다 점점 압박하기 시작했다. 스트레스를 받지 않을 만큼. 그러던 어느날 고향 인근 대학에 있는 마흔세 살 교수랑 맞선을 보는 게 어떻겠냐고 말씀하셨다. 만나봐야 하나…… 그러다가 아주 다행히도 〈라디오스타〉에 출연해서 인기를 얻었다. 만세!!

—————— 내 장점이자 단점이 잘 까먹는 거다.
핸드폰도 잘 잃어버리지만, 힘든 기억도 잘 잊는다.

남다른

YOLO

또다른
'나'가 되자

술, 패션, 인테리어, 여행을 좋아해 돈을 많이 쓴다.
하지만 그렇다고 막 쓰진 않는다. 이달 지출과 다음
달 수입을 계산해 돈과 '밀당'한다. 빚을 져서라도
여행을 가는데 단 조건이 있다. 반드시 무이자 카드
결제가 가능해야 고(GO)!

YOLO 잘못 즐기면 GOLO 가지만
난 괜찮아 SOLO니까
그래서 오늘밤도 SULLO~

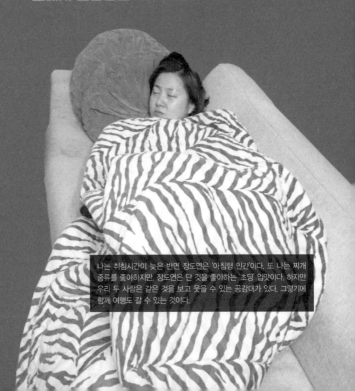

나는 취침시간이 늦은 반면 장도연은 '아침형 인간'이다. 또 나는 찌개 종류를 좋아하지만, 장도연은 단 것을 좋아하는 '초딩' 입맛이다. 하지만 우리 두 사람은 같은 것을 보고 웃을 수 있는 공감대가 있다. 그렇기에 함께 여행도 갈 수 있는 것이다.

나래사장의 노하우

1

나래주의
5계명

*
'쾌락주의'라고 썼다가 나래주의로 바꿨다.
이건 내 책이고 내가 한 말이니까.

1
카르페디엠
CARPE DIEM

'지금을 즐겨라!' 내 카카오톡 프로필 문구다. 주변 눈치 보지 말고 오늘을, 지금을 즐기자. 내일은 오지 않을 수도 있고, 없을 수도 있다. 효도와 같다. 지금 하지 않으면 영영 하지 못한다. 지금 행복하지 않은데 어찌 내일 행복할 수 있을까. 미래는 예측 불가. 지금 아니면 안 된다!

2
관계 자연주의

사랑과 우정 등 모든 인간관계에 집착하지 않는
다. 한때 '마당발·인맥왕'처럼 보이려고 주변인
모두를 챙겨야 한다는 강박관념에 허우적거렸
다. 그럴 필요가 전혀 없다. 갈 사람은 가고 올 사
람은 온다. 그것이 인연이다. 의도적으로 챙기는
것이 오히려 더 불편한 관계로 만든다. 사람과의
관계가 돈보다 더 힘들 때가 많다. 인간관
계는 고민하지 말고 그저 내버려둬라.
될 대로 되라.

3
다양한
나를 즐겨라

공식적인 직업은 개그맨이지만, 어느 날 밤에는
나래바 사장이기도 하고, 어떤 날은 DJ이기도 하
다. 다양한 내가 있기에 그중 한 명의 내가 잘 안
되더라도 크게 실망하지 말자. 다른 내가 있지 않
은가. 나는 뭣도 아니다. 그래서 뭐라도 할 수 있
다. 내 인생의 주인공은 나. 나만이 내 행복을 지
킬 수 있다. 조연인 타인의 시선에 신경 끄자. 그
냥 나는 사람이고, 이 기분에는 이것도 하고 싶
고, 이런 말도 하고 싶다.
일탈을 일상으로!

4
감당할 만큼
무리하자

술, 패션, 여행 등에 돈을 많이 쓰는 편이다. 하지
만 흥청망청 쓰진 않는다. 고등학교 때부터 단역
활동으로 용돈벌이를 해서 경제관념이 생겼다.
이달 지출과 다음달 수입을 계산해서 돈과 밀당
을 한다. 빚을 져서라도 하고 싶은 것을 하지만,
갚을 여력이 보일 때만 실행한다.(생일 때 나에게
연금보험을 선물했다. 노년 때도 놀려고.) 암만
'카르페디엠'이래도 덮어놓고 쓰다보면 거지꼴
못 면한다. 그러니 덮어놓고 쓰지 말고, 잔고 보
면서 쓰자.

5
용기와 책임

용기가 없다면 지금의 나도 없다. 우물쭈물 온통 미련만 가득한 못난이였을 것이다. 내가 나를 사랑하지 않는데 누가 나를 지켜봐주겠는가. 용기는 나에 대한 자신감을 먹고 자란다. 기회가 왔을 때 한몫 챙기려면 용기가 있어야 한다. 하지만 무모한 것과 용감한 것의 차이를 알아야 한다. 모든 용기에는 책임이 따르니까.
(해도 후회 안 해도 후회면 하고 후회하자. 그래야 또 후회하지 않는다.)

나래바 오픈합니다

박사장

싱싱한 장어가 왔습니다.
내일 5시부터 나래바 열립니다.
선착순 남셋 여섯입니다.

고객님 1

오, 요새 기력이 떨어져 방송이 안되더만 역시!

박사장

잔말말고 더럽게 쓰레기처럼
놀테니 씻고 와라.

고객님 2

나 오늘 스케줄 없어 아싸!

박사장

너는 스케줄 있어도
째고 와 꼭 와

고객님 3

뒤에서 또 무슨 작정들 하려고 나도 꼭 갈꺼임

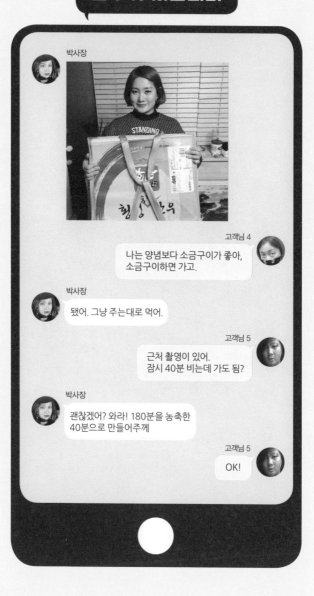

한우가 왔습니다

박사장

고객님 4
나는 양념보다 소금구이가 좋아,
소금구이하면 가고.

박사장
됐어. 그냥 주는 대로 먹어.

고객님 5
근처 촬영이 있어.
잠시 40분 비는데 가도 됨?

박사장
괜찮겠어? 와라! 180분을 농축한
40분으로 만들어주께

고객님 5
OK!

"언니, 음식들 비용이 엄청날 텐데
돈도 안 받고 나래바 왜 하니?"

"오히려 내가 돈을 줘야 하는 거 아냐?
그 바쁜 사람들 나 때문에 시간 내서 노는 건데.
아니지 내 덕분에 놀 수 있나, 아무튼,
사람들 만나 즐겁게 노는 게 정말 좋다.
내가 좋아하는 사람들과 함께 즐겨서 좋다.
요즘 뭐하고 지내? 술 한잔 하자 말했으면
먼저 말한 사람이 사야 하지 않나?
내가 사람 좋아하는 만큼 돈이 많이 드는데,
집으로 부르면 술값이 절반으로 줄어들어."

2부
나래바 영업중

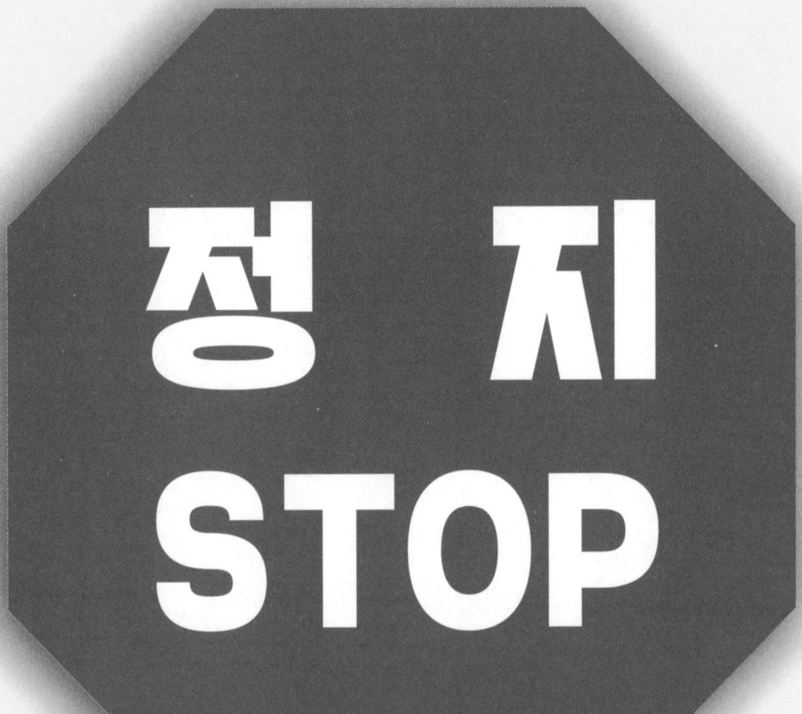
정 지
STOP

놀아라, 내일이 없는 것처럼!
남녀 무관. 나이 무관. 나래바에서는 모두가 친구!
결혼한 자 (도덕적 양심만 두고) 솔로처럼, 싱글같이!
나래바는 논쟁도 질투도 없는 사랑과 평화의 공간!
시비가 붙었다면 풀기 전까지 현관 출입 불가!
쉿, 문을 열고 나서는 순간 추억으로만!

나래바
입장
규칙

화끈하게
놀아라.

내일이
없는 것처럼!

나래바
이용안내

1 모든 음식은 사장이 직접 조리하여 무료 제공.

2 참석 3일 전 희망 요리와 술 요청시, 준비 가능.
(손님에 따라 5시간전 예약 가능)

3 참석 3일 전 다이어트중이거나 가리는 음식 미리 말할 것.

4 과자나 배달음식은 준비 불가.
(과자나 배달음식이 먹고 싶다면, 먹을 만큼만 직접 챙겨 오기)

5 세계 각국의 다양한 술 완비, 술은 준비한 전용잔에 마시기.

6 기본적인 먹거리는 전반적으로 나트륨 과다(만성질환자 주의).

7 얘기할 사람 하고, 놀 사람 놀고, 잘 사람 자라.

8 사장이 만취로 뻗었을 시, 냉장고와 술창고는 깨어 있는 자들의 것.

9 깨진 병(잔)이 있다면 (미안한 마음에) 절대 숨겨놓지 말기.

10 설거지거리는 싱크대로.

11 폐장 때는 병만 들고 나가 재활용 쓰레기장에 두기.

12 담배는 밖에서.

13 애정행각은 니들 맘대로.

14 사장님 스케줄 없을 때만 이용 가능.

주조 상궁네 술도가

드립맥주

강남style

맥주에 드립커피를 섞는 맥주.
맥주를 잔에 4/5 정도 따른 후,
나머지 1/5 드립커피로 붓는다.

꿀맥주

맥주를 따른 다음
거품에 꿀을 넣는다.

암바사주

맥주잔이 있으면 1/3 소주를 따른다.
그리고 1/3은 맥주를,
나머지 1/3은 사이다를 붓는다.
휴지로 잔 위를 막고 잔을 살짝 친다.
거품이 위로 확 오르는데 그때 마신다.
암바사맛!

구부주

말도 안 되는 술이다.
이상할 것 같지만 시도해보시라.
맥주잔에 소주 9/10을 따르고, 나머지는 맥주로 채운다.
소맥은 고소하지만 구부주는
첫 맛은 소주, 끝 맛은 맥주다.

* 주의: 원샷하면 안 된다.

링겔주

소주에 매화수를 뒤집어 꽂는다.
서로 병주둥이가 맞붙는, 그러니까 병키스.
10분이 지나면 위아래가 섞인다.
그뒤 병을 분리하는데,
이때 술을 많이 흘릴 수 있으니 주의!
술의 손해는 있지만.
그 손해가 아무것도 아니라는 듯 맛있다.

적양배추주

큰 통을 구해 적양배추(적채)를 1/3 정도 채워넣고,
나머지는 도수가 약간 높은 소주를 붓는다.
짧게는 반나절, 길게는 3일간 두면 투명하던
술이 보라색으로 변한다.
양배추는 알다시피 위에 좋다. 숙취도 없다.
깔끔하게 마실 수 있다.

술이 식으면 맛이 없다

술을 10년 넘게 마셔댔는데, 주량은 소주 한 병 반.
한 병 반까지는 멀쩡한데, 컨디션에 따라 서너 병 더 마셔도
아무렇지 않은 날이 있고,
한 방울만 더 마셔도 취하는 날이 있다.
내 몸이지만 술을 마시기 전까지 알코올 컨디션이 어떤지
나도 잘 모른다. 조심해서 마시면 싱겁고,
뒷날 스케줄 없다고 부어라마셔라 달리면
다음날 곤혹스러울 때가 종종 있다.

**주로 마시는 술은 소맥이다.
소맥 하나는 기가 차게 잘 탄다.
지인들이 내게 붙여준 별명은**

주조상궁의
소맥 비율

맥주잔에 2/5로 소주를 바닥에 깔고.
나머지 5/3은 맥주를 붓는다.
(맥주회사 로고 아래까지)
그리고 원샷!

맥주잔에 소맥을 하는 이유는 원샷을 하기 위해서다.
와인도 아니고, 소맥은 보존할 가치가 없다.
술이 식으면 맛이 없다.
작은 잔에 술을 베어마시면 술자리가 싱거워진다.
잔에 장판이 깔리면,
그다음 소맥의 비율을 맞출 수가 없다.
말아주는 사람의 기분이 좋아야
술자리의 분위기도 좋다.

모든 술자리의 분위기는
잔에서 시작하여
입으로 끝난다

나래바 술잔 퍼레이드

마가리타잔

술잔에 번호가 있어서 중간에 본인의 술
잔이 어떤 잔인지 헷갈리지 않음

압생트잔

지인이 보내준 와인잔.
받침에 나래바라고 새겨져
있음

맥주잔

소주잔은 많을수록 좋다

얼음 넣는 곳이 있어서
차가운 사케를 즐길 때
쓰는 병

샴페인잔은
더 블링블링하게

물잔으로 쓰고 있
다. 술이 얼마만큼
남았는지 알 수 없
기 때문

베트남에서 사온 샷잔

수제맥주잔.
입구가 모아져 있어 향을 더 극
대화함

일본술은 전용 사케잔에 따라서

섹시하게 마실 땐

미국에서 사온 삿잔

주석으로 만든 맥주잔이라 차가움이 지속된다

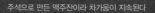

술과 잔,
그리고 바닥

사람도 짝이 있고,
짚신도 짝이 있듯
모든 술에는 전용잔이 있다.
나래바에서 술과 잔은 중요하다.

소주는 소주잔에, 와인은 와인잔에 마셔야 한다.
맥주는 제각각의 브랜드에 맞는 잔에 부어 마셔야
한다. 잔마다 잡는 방법이 있고, 다르게 생긴 것도
다 이유가 있다. 칭따오 잔에 소주를 따르거나 하는
건 정말 용납할 수가 없다.

술 마신 뒷날 깨어보니
바닥 카펫이 빨갛게 젖어 있었다.
싸웠나 했는데 와인이었다.
짜증이 천장까지 솟구쳤다.

술을 마시다보면 잔을 너무 많이들 깬다. 바닥이 대리석일 때는 떨어지는 족족 와장창 깨졌다. 그래서 요즘에는 바닥에 카펫을 깐다. 청소하기가 쉽지는 않고 액체(?)류를 쏟으면 노답이지만, 유리잔이 깨져서 파편에 다쳐 난리 나는 것보다는 낫다. 나는 취기가 돌면 손님을 내버려두고 자러 가는 편인데, 뒷날 보면 미안해서 그런지 깨진 잔을 숨겨놓는다. 그냥 두면 청소하기라도 쉽지, 며칠 뒤 숨겨진 잔을 보면 짜증이 밀려온다.

좋아하는 술은 소맥에 보드카. 사실 즐기는 주종은 소주다. 소주잔에 얼음을 하나 넣고 소주를 부어 찰랑찰랑 소심하게 흔들어 물처럼 마신다. 이는 일본식 음주 스타일인데, 거기에 우롱차나 물을 섞어 마신다. 빨리 취하지만 다음날 숙취가 없어 좋다.

나는 간단하게
한잔하자는 말을
제일 싫어한다.

어떻게 간단하게
한잔할 수가 있나?

인생이 그리 간단해?

한 잔 마시면 잠도 안 온다.
너만 그리 마셔!

제가 이겼슴돠──
주량 겨루기

나래바 단골 장도연, 허안나 씨가
나와 주량이 비슷하다.
같이 마셔도 어떤 날은 허안나,
어떤 날은 내가 더 취했다.
날에 따라 경우에 따라
취할 때가 서로 달랐다.
궁금했다.

정말 궁금했다!
누가 더 잘 마시나.
드디어 주량 겨루기 날을 잡았다.

먹고 마시고 죽자고 잡은 것이 아니다. 주량과 시간과 몸에 어떤 반응이 일어날지 궁금했다. 똑같은 시간 똑같이 술을 마시고, 같이 안주를 먹고, 같이 화장실에 갔을 때 누가 먼저 취할까. 셋이 앉아 종이물컵, 소주컵, 접시, 안주 등 모든 것을 정량으로 나눴다. 한 명이 화장실에 가면 둘이 따라갔다. 시작할 때부터 30분마다 핸드폰으로 동영상을 찍어 기록에 남겼다.

"안녕하세요. 박나래입니다.
소주 반 병을 마셨고,
지금은 얼굴이 살짝 빨간 상태입니다……"

그렇게 2시간이 지났고,
이후 찍은 동영상은 없었다.
그리고 다음날 우리는 마지막으로 찍은
동영상을 보고 경악했다.
장도연은 침대에 뻗어 있었고,
허안나는 소리지르며 돌아다니고 있었다.
그 모습들을 차례로 비추더니
얼굴이 시뻘게져 있는 내가 등장했다.

"쐬주 2병을 마셨고,
볼이 쫌 빨게스름합니다.
저,,, 제가 이겼습돠!! 으흐흐"

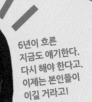

6년이 흐른
지금도 얘기한다.
다시 해야 한다고.
이제는 본인들이
이길 거라고!

남자도 울리는
롤링 페이퍼

고마울어라
짜슥
와 우노

ㅜㅜㅜㅜㅜ

ㅜㅜㅜㅜㅜ

ㅜㅜㅜ

많은 사람들이 묻는다. 비슷한 사람들과
술자리를 하면 매번 할 새로운 이야기가 있냐고.
그런데 정말 소름끼치게 매번 새로운 주제의
이야기들이 쏟아져 나온다.
그중 가장 생각나는 이야기는 예전 초창기
나래바 시절에 있었던 일이다.

당시 크리스마스이브 때였는데 친한 개그맨 6~7명
이 밖에서 술을 마시고 나래바에 들어와 2차를 할
때였다. 연말에 크리스마스이브. 다들 들뜬 분위기
에 술도 적당히 취한 상태였다.

나는 크리스마스고 하니 마냥 술만 마시지 말고 뭔
가 기억에 남게 다 같이 롤링 페이퍼를 하자고 했다.
평균 나이 33세 정도였는데, 다들 이 나이에 무슨
롤링 페이퍼냐고 내게 야유를 보냈지만, 나래바 박

사장의 마음이라며 종이와 펜을 돌렸다. 시끌벅적
한 분위기에서 야유를 하던 사람들이 갑자기 조용
해지며 롤링 페이퍼 쓰는 데 정신이 팔렸었다.

자신의 이름을 쓴 종이가 한 바퀴를 돌고 자기에게
돌아왔을 때, 본인의 롤링 페이퍼에서 기억에 남는
것 하나만 읽어달라고 주문했다. 사람들은 본인에
게 무슨 말을 썼는지, 다들 종이에서 눈을 떼지 못하
고 생각에 잠겼다. 그리고 돌아가며 종이를 읽는데
갑자기 한 남자가 눈물을 흘리며 자신의 롤링 페이
퍼를 읽었다. 그걸 듣던 사람도 따뜻한 위로를 전하
며 눈시울을 붉혔다. 언제 야유를 보냈냐는 듯이 다
들 눈물에 젖어 롤링 페이퍼를 끌어안으며, 정말 오
랜만에 하는 이 롤링 페이퍼가 너무 좋다고 감동받
았다고 말했다. 알코올에 젖으면 감상적이게 되고,
자신에게 건네는 생각지 못한 글을 읽었을 때 심장
은 더 진동하는 법이니까.

지금도 잊히지 않는 것은
무명시절 받은 롤링 페이퍼.

"나래야, 난 네가 스타골든벨*에
꼭 나갔으면 좋겠어."

아직까지 스타골든벨에 나가진 못했지만,
그 한 마디가 큰 힘이 되었다.

전설의, 구닥다리 롤링 페이퍼겠지만, 요즘에 더 어
울리는 놀이인 것 같다. 늘상 오가는 '말'이 아니고
'글'이니까. 육성이 아닌 친필의 매력. 누가 썼는지
글씨를 못 알아봐야 재밌으니까. 요새는 편지 쓸 일
도 없고, 학생 때처럼 노트 빌릴 일도 없다. 모두 카
톡이나 메신저를 주고받으니 서로의 글씨를 알아볼
수가 없다. 그래서 더욱 설레고 재밌다.

불러주세요~

아무튼 나는 롤링 페이퍼를 제안했고, 이 연말 분위
기를 감동의 도가니로 만들었다는 사실에 뿌듯했다.
역시 나는 타고난 기획자라는 생각. 다들 롤링 페이
퍼를 코팅할 것이라는 둥 축소복사해서 지갑에 넣고
다닐 거라는 둥 한마디씩 했다. 그러면서 우리는 서
로의 우정을 더 다졌고 그만큼 술을 더 마셨다. 다음
날 숙취에 찌들어 일어났는데 다들 가고 없다. 초토
화된 테이블. 술병과 그릇들 하나둘씩 치우며, 쓰레
기를 한쪽으로 버리는데, 허허헉 이게 뭐지…… 울고
불고했던 롤링 페이퍼가 쓰레기통 옆에 모두 구겨진
채 버려져 있었다.

에라이. 술자리에서의 진정한 눈물은 술을 깨고 나면
알코올과 함께 증발하나보다.

> ✳ 스타골든벨
> 2005년부터 2010년까지 매주 방영했던 프로그
> 램. 당시 인기 연예인들은 모두 출연했다. 2015년
> 설특집으로 방영된 적이 있다. 롤링 페이퍼에서
> 나온 애틋한 저 글귀를 아직도 기억하고 있는데,
> 꼭 이루어졌으면 좋겠다. KBS PD님, '스타골든벨'
> 특집으로라도 만들어서 딱 한 번이라도 출연시켜
> 달라! 달라! 달라!

할머니 생각
최고의 술

스무 살, 술은 먹고 싶고 돈은 없고.

할머니는 여름이면 비파열매를 보내주신다.

할머니는 종종 비파로 담근 술이 맛있다고

말씀하시곤 했다.

몸에 안 좋은 데가 없는 만병통치약술이라고.

마침, 여름. 담근 후 백일이 지나야 제맛이라는데,

백일 후라면 거의 생일 즈음이 된다.

생일에 맞춰 병을 열 수 있겠구나,

하고 비파술을 담궜다.(30도 소주)

스무 살 생일에 비파주를 처음 마셨다.

향이며 맛이며 지금껏 마신 술 중 최고였다.

그리고 뒷날 함께했던 모두가 헬의 세계에 빠졌다.

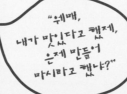

"웨매,
내가 맛있다고 했제,
으제 만들어
마시라고 했냐?"

나래바 비파주

발렌타인 30년산보다 더 맛있는 술
임금님께 진상도 됐었다는 비파는
매실처럼 생긴 남도지역의 열매다.
요즘에는 쉽게 구매할 수 있다.

재료: 담금병, 소주, 비파

1 비파를 깨끗하게 씻어서 술병에다 1/3 정도 넣는다.

② 설탕이 비파와 적절하게 섞이게끔
5:5 정도의 비율로 술병에 넣는다.

3 백일이 지난 뒤 과육(씨)을 건져낸다.
(아깝다고 먹지 말 것. 진짜로 뿅감!)

워낙 맛있는 앉은뱅이 술이어서
얼음이나 물에 타 먹어도 좋다.
안 그럼 지옥을 맛본다.

정말 맛있는데 이거 만들어서 팔아야 하나……

Narae TALK

신청곡릴레이

외로운 사람들

노 래 **박 나 래**
작 사 **이 정 선**
작 곡 **이 정 선**

음주가무라 했다.

술이 있는 곳에 노래가 있다.

요즘은 모두에게 핸드폰이 있고,

나래바에는 블루투스 스피커도

준비돼 있으니.

돌아가면서 음악을 켜고 신청한다.

사연이 있고, 이야기가 있는 음악으로!

나는 배우 친구가 알려준 곡인

이정선의 〈외로운 사람들〉을 켠다.

어쩌면 우리는 외로운 사람들,

만나면 행복하여도……

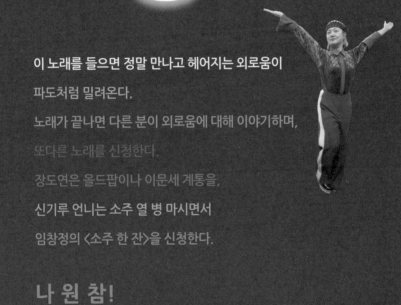

이 노래를 들으면 정말 만나고 헤어지는 외로움이

파도처럼 밀려온다.

노래가 끝나면 다른 분이 외로움에 대해 이야기하며,

또다른 노래를 신청한다.

장도연은 올드팝이나 이문세 계통을,

신기루 언니는 소주 열 병 마시면서

임창정의 〈소주 한 잔〉을 신청한다.

나 원 참!

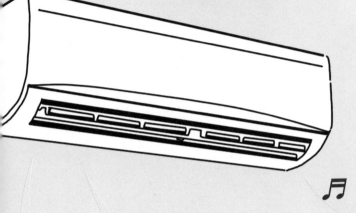

나래바 에어콘은
4월부터 씽씽

술을 마시다보면 노래방에 가고 싶은데,
막상 노래방에 가려면 흐름이 끊긴다.
다행히 요즘 IPTV를 보면 노래방 어플이 있다.
TV로 노래방을 켜고,
블루투스 마이크로 노래를 부른다.

나의 18번은 나비의 〈집에 안 갈래〉.
이 노래만 부르면 다들 빨리 집에 간다.
언젠가 나도 나래바에서 만취돼
이 노래를 부르다 집에 간다고
앙탈을 부렸다고 한다. $z^{z^{z^{z^{z}}}}$

"오늘 이 남성분들과 재미있는 술자리를 가지는데.
이 음악이 제 마음을 대변해주는 것 같네요.
이번에 제가 부를 노래는 나비의 〈집에 안 갈래〉입니다."

나래바는 4월부터 에어콘을 켠다. 문이라는 문은
다 닫는다. 술을 마셔서 덥기도 하지만, 나래바가 노
래방으로 전환될 때 방음의 목적도 있다. 자칫 주민
신고 들어올 수도 있으니 예방차원이다. 사실 TV에
서 나오는 반주 소리는 작고, 에코 기능도 없앤다.
부르는 사람의 목소리에 더 비중을 두니까. 생목소
리로 듣는 것이 재밌는 거다. 그 사람의 목소리가 리
듬에 실려 내 귀로 들려온다는 것. 지금까지 볼 수
없었던 또다른 진솔함을 보는 것 같아 좋다. 아마도
나래바에서 노래를 부르고 듣던 분들 모두 같은 마
음일 거다.

박사장 추천 애창곡

♬ 비와 당신_럼블 피쉬 　♪ 우산_에픽하이

비오는 날

♪ 렌트_더블 케이

♬ 봄날, 벚꽃 그리고 너_에피톤 프로젝트 　♪ Good Love_다이나믹 듀오

봄오는 남자 (혹은 여자)

♬ 널 사랑하지 않아 _어반자카파

♩ 소주 한 잔 _임창정

헤어졌을 때

♩Worth It_Fifth Harmony

♬ 엉덩이 _바나나걸

♪ Run To You_DJ DOC

♪Samsara_Tungevaag

신나는 노래 곡

기분 좋게, 오래 술 마시기

1. 기본 안주가 3가지는 돼야 한다.
2. 절대 안주가 끊겨서는 안 된다.
3. 모든 안주는 조리시작 10분 내로
술상에 올려야 한다.

나래바
철칙

※나래바의 음식은 기본적으로 간이 세고 짜다. 반찬이 아닌 안주용이기 때문이다. 이는 오랜 술자리 체험에서 터득한 사실인데, 술집에서 나오는 안주 대부분 간이 세고 짜다. 알코올에 절은 혀는 둔감해져서 안주를 밥 반찬처럼 만들면 싱겁거나 무맛(맛이 없는 것이 아니라 맛을 잘 느낄 수 없다). 짜게 먹어야 술이 더 잘 들어간다. 또한 안주가 맛있으면 계속 안주만 먹게 된다. 그러면 재미없다. 매출은 술에서 나오니까!

나래사장의 노하우

2

게임의
법칙

♠ 남녀 머릿수를 맞춘다
(자리배치도 교차로)

♦ 게임 진행 방향은 화투패와 같다.
시계방향!

♣ 게임에서 지면 당연히 벌주!

♥ 여럿이 한 사람만 저격하지 않는다!

♦ 영어 쓰지 말기. 박수 치지 말기.

나래바에는 여러 가지 게임 프로그램들이 있다.

게임의 목적은 다양하지만 두 가지로 압축할 수 있다.

술잔이 어느 정도 돌고 취기가 오를 때,

술을 깨기 위해 한다.

머리를 쓰다보면 술은 깨기 마련.

한마디로 더 오래 마시기 위한 수작이다.

서로 친한 사람들도 많지만, 때로는 낯선 분과 동석할 경우도 생긴다.

이때 게임은 이들을 하나로 묶어준다.

그것도 유쾌하게. 게임에서 이겼을 때의 짜릿함과

졌을 때 좌절을 공유하는 운명공동체, 전우애 같은 느낌.

엘리베이터
게임

처음부터 스킨십류의

왕게임 같은 것을 진행하면 속보인다.

그래서 진도가 약한,

아주 가볍게 시작할 수 있는 게임이다.

여러 사람이 한 손을 내밀어 포개지게 모은다.

(모두 합창) 엘리베이터, 엘리베이터.... 19층!

(해당층에 이를 때까지 순서대로 손을 빼서

포개진 손 가장 위로 다시 올린다.)

1층, 2층, 3층.... 19층에 걸린 분이 벌주를 마신다.

이때 자연스럽게 몸도 앞으로 기울고,

손도 잡는다.

친밀감이 서서히 돋아난다.

이리오슈 게임

파트너
선정 게임

나래바에 오신 분들 모두 서로 인사와 자기 소개를 한다.

여자들은 가위바위보를 한다.

이긴 쪽에서 마음에 드는 남성을 지목한다.

"저는 여기 남성분이 마음에 드는데, 제 옆자리로 이리오슈~"

여기까지는 순리대로다. 그런데!

가위바위보에 진 사람 중에 마음에 드는 남자를 뺏기게 생겼다,

그러면 벌주를 마시고 출사표를 던진다.

"저도 저 남자분이 마음에 듭니다! 제 옆자리로 이리오슈~"

그러면 지목받은 남성이 두 여성 중 한 명을 선택할 차례다.

처음 지목한, 가위바위보에서 이긴 여성에게 가면,

무모하게 도전한 사람은 다시 벌주를 마셔야 한다.

끝까지 아무에게도 지목받지 못하는 남성은 벌주를 마셔야 한다.

시간이 지날수록 경쟁은 치열해진다.

썸을 탈 수도 있지만 그냥 내 옆자리에 앉히고 싶은 경우도 있다.

단순한 파트너가 아니라 뒤이어 게임에 능한 파트너야 하고, 성격도 좋고,

술(흑기사 혹은 벌주)도 잘 마셔야 인기가 좋다. 첫 소개에 남자는

'술을 잘 마십니다' 혹은 '게임을 아주 잘합니다'로

자기를 어필하는 것이 유리하다.

JOKER

JOKER

신난다 재미난다
더 게임 오브 데스 게임

(모두 합창한다)

"씬난다 재미난다 더 게임 오브 데쓰"

합창이 끝나자마다 각자 마음에 둔 사람을

손가락으로 지목하고,

게임 주동자가 숫자를 가리키면,

그 수에 해당하는 사람이 술을 마신다.

가령 13이라고 외치고

손가락으로 한 사람을 지목하면,

그때부터 1로 시작, 2, 3 차례로 가다

13번째 지목받은 사람은 술을 마신다.

이 게임은 길어지면 죽는다.

데스(Death)가 바로 그 죽는다 할 때 데스다.

자 시작해볼까?

오혁

경마
게임

술 깨는
술 게임

우린 모두 경마들

(모두 합창) 달리고, 달리고, 달리고, 달리고……

자신의 번호를 잘 기억하고 있어야 한다.

발음도 분명해야 한다.

모든 것이 빨리 지나간다. 어리벙벙하다 당한다.

앞에는 자기번호,

뒤에는 다른 사람의 번호를 지목한다.

1번에 3번마, 3번에 5번마, 5번에 8번마……

번호를 틀리거나,

없는 번호를 대거나,

버벅거리거나 멈칫하면 술!

엄청난 속도감으로 술이 확 깬다.

책
게임

주변에 있는 책을 가지고 온다.
가급적 본문에 사진이나
그림이 많은 책이어야 한다.
딱, 펼쳤을 때 머릿수가 적거나
글만 나오면 망한다. 바로 벌주!
다들 순발력이라고는 일도 없고,
게임 무능력자들만 있어
정 할 것이 없으면 이런 게임을 한다.

자, 이 책을 읽는 자들이여,
이 책으로 이 게임을 해봐라!

이게 빠지면
섭하지~

J
♥

이미지
게임

질문을 던졌을 때

가장 많이 찍히는 사람이 마시는 것이다.

"이중에서 가장 안 씻을 것 같은 사람은?"

"이중에서 가장 술이 셀 것 같은 사람은?"

"이중에서 바람기가 가장 심할 것 같은 사람은?"

(한 명을 지목해서 계속 벌주를 먹이는

유치한 저격 따위는 하지 말자!)

가장 많이
지목받은 사람이
찍은 사람을
마시게 한다

♠

밍맹몽야 게임

바보 게임

J
♥

시작하는 사람이 '밍' 하며 아무나 가리킨다.

'밍' 했던 오른쪽에 앉은 사람이 '맹' 하며 아무나 가리킨다.

'맹' 했던 오른쪽에 앉은 사람이 '몽' 하며 아무나 가리킨다.

'몽' 했던 오른쪽에 앉은 사람이 '야' 하며 아무나 가리킨다.

'야' 하며 지목받은 사람이 '밍' 하며 아무나 가리킨다.

이때 헷갈릴 수 있다.

'밍맹몽'일 때 지목받은 사람이 끼어들 수도 있고,

'야'일 때, 옆자리에 있는 사람이 자기 차례인 줄 알 수도 있다.

틀리면 무조건 벌주!

"관심을 끌기 위해 게임에서 지는 것도 좋고,
머리가 나쁘거나 순발력이 딸려
게임에 지는 것도 좋다. 흑기사도 좋고 다 좋다.
다만 지나친 음주는 뇌졸중,
기억력 손상이나 치매를 유발합니다"라고
술병에 쓰여 있다.
유념해서 게임에 임하도록!

♠
J

네버엔딩초성
게임

♠

술을 많이 마셨다 싶을 때 초성 게임을 한다.
네버엔딩으로.

가사 → 가시 → 고소 → 개사……

머뭇거리거나 멈추면 벌주!
머리를 쓰는 게임이어서, 술이 깬다.
더 많이 마시기 위해 진행하는 게임이다.

귓속말
게임

남녀 교차로 자리를 배치한다.

그리고 돌아가며 귓속말로 질문한다.

(소곤소곤)"여기서 가장 마음에 드는 사람이 누구야?"

귓속말을 들은 사람은 아무말없이 질문에 대한 답으로 누군가를 지목한다.

궁금증을 유발한다. 궁금해 미칠 정도로 만들어버린다.

이때 자리에 있던 사람들 중 가장 궁금한 자,

앞에 있는 잔을 마시고 물어본다.

"왜 찍었어요? 질문이 뭐예요?"

"마음에 드는 사람을 찍었던 거예요……"

산너머산 게임

스킨십 게임

남녀 교차로 자리를 배치한다.

아주 가벼운 스킨십부터 시작해서

갈수록 농도가 짙어지는 게임이다.

모든 과정을 기억해서 옆사람에게 실행해야 한다.

처음에는 손을 잡는다.

그다음 사람은 손잡고 가벼운 포옹을 한다.

그다음 사람은 손잡고 가벼운 포옹을 하고

볼에 뽀뽀를 한다……

이렇게 계속 기억해가며 옆사람에게 실행한다.

기억력과 대담할수록 벌주 마실 확률이 줄어든다.

누구라도 중간에 포기할 수 있다.

당연히 벌주와의 키스~!

(이 게임에서 업그레이드된

'뱀사요, 안사요' 게임도 있다.

이건 뒤에 알려주겠다.)

있다없다
게임

나는 한 달 안에 키스한 적이 있다 없다.

있다면 엄지손가락을 위로, 없다면 아래로.

구성원 중 적은 쪽이 술을 마신다.

내숭떠는 사람이 많으면 노는 사람이 많이 마시고,

노는 사람이 많으면 모범생이 마시게 되는 게임.

혼자 왔어요,
둘이 왔어요,
셋이 왔어요…

"혼자 왔어요"라고 말하고 혼자 일어난다.

"둘이 왔어요"라고 말하고

바로 옆자리 한 명과 동시에 일어난다.

"셋이 왔어요"라고 말하고

바로 옆자리 두 명과 동시에 일어난다.

123, 321 순환하는 방식.

이때 어리버리하면 바로 벌주!

   BGM으로 '축구왕 슛돌이'가 최고!

Q

오자토크
모텔에 가면
게임

다섯글자로 말하기 게임이다.

모텔에 가면, 모텔에 가면~ '쉬었다 갈래'

모텔에 가면, 모텔에 가면~ '그래 그럴까'

모텔에 가면, 모텔에 가면~ '맥주 마실까'

모텔에 가면, 모텔에 가면~ '시간 없는데'

모텔에 가면, 모텔에 가면~ '먼저 씻을래'

모텔에 가면, 모텔에 가면~ '불 좀 꺼줄래'

모텔에 가면, 모텔에 가면~ 'AAAAA'

(진도가 안 나가거나 지지부진하면, 주변에서 '너무하네~' 하며 벌주를 권한다.)

압생트 마시는 법

ABSINTHE

압생트는 반 고흐, 마네, 피카소, 랭보, 보들레르, 헤밍웨이 등 예술가들이 사랑했던 술이다. 특히 고흐 술로 유명한데, 고흐는 이 술을 마시고 환각상태에서 귀를 잘랐다(혹은 자살했다)는 소문이 있다. 진초록색 술인데, 초록요정, 초록악마, 악마의 술 등 매혹적인 별명을 지니고 있는 치명적인 술이다. 연예계에 박나래가 있다면 주류계에 압생트가 있다고나 할까. 압생트의 주원료에 대한 독성 논란이 최근까지 있었고, 이 때문에 국내 수입도 최근에야 이루어졌다. 55도의 술! 스트레이트로 마시면 식도가 녹아버린다.

압생트 전용잔과 스푼이 있다.(아마존에서 구매해 2주간 기다렸다.) 잔 위에 스푼을 걸쳐 각설탕 2개를 올린다. 각설탕이 젖게끔 하고 잔에 그려진 눈금만큼 압생트를 따른다. 그다음 각설탕에 불을 붙인다. 그러면 각설탕이 녹아 밑으로 떨어지며 압상트에 불이 붙는다. 알코올 성분이 날아가면서 불이 꺼진다. 여기에 물을 약간 타서 마시면 설탕의 단맛이 혀끝을 돌면서 단주가 된다. 뉴욕에 갔을 때 한 잔에 5만 원 주고 마셨다. 나래바에서는 새로 오신 남자에게만 준다. 그것도 원샷으로……

1

—— 따라단~~ 압생트 준비!

2

—— 마개를 퐁~ 따줘요~

3

—— 전용 스푼에 각설탕을 올리고~

4

—— 압생트를 각설탕 위로 살살살~

5

오오오오~~ 파란 불꽃이!!

6

아래로 압생트가 함께~

7

잠시 감상을 해보구요

8

불이 꺼지면 물을 조금 부어주세요

나래사장의 노하우

3

유혹의 기술

실패했을 때 상처받을 것에 대해 두려워하는데,
상처받을 거면 사랑하지도 말라!
상처받지 않은 것처럼 사랑하라!

3대 10 법칙

새벽 1시경 문자를 스윽 보낸다.
아주 늦은 시간은 안 된다.
'넌 참 좋은 사람인 것 같아'
(자니, 어디야? 이런 식의
아마추어급 문자는 보내지 마라!)

문자에 바로 답을 해서는 안 된다.
새벽엔 1분 30초,
낮엔 3분에서 10분 사이에 답을 한다.
10분을 넘기면, 상대방이 바쁘구나,
괜히 문자 보냈다고 오해할 수 있다.
10분 동안 문자를 안 보내면 상대는
계속 이 생각만 한다.

눈도장

여러 사람들과 차를 마시거나 술을 마실 때. 마시다보면 웃게 된다.
내가 마음에 드는 사람에게 먼저 웃으면서 눈길을 건네다가
남자 눈빛이 내게로 오려고 하면 슬쩍 피한다.
(이때 재빨리 피하는 듯한 인상을 주면 아마추어다.)
이 스킬이 성공하면 둘 중 하나다. '오~ 이 사람 나한테 마음이 있나?',
혹은 '나한테 시비거나?' 후자면 더이상 진격하지 말고 후퇴해야 한다.
아니 포기해야 한다!

어색함 지우기

처음 만나는 사람들끼리는 어색하다.
그래서 나래바 박사장이 질문을 던진다.
"내가 살면서 들었던 닮은 꼴 중 진짜 멋있거나
예쁜 거 하나랑 제일 웃겼던 거 하나를 말하시오"
무릇 질문을 던진 자가 먼저 말하는 법
"장나라 닮았다는 말과 트럼프(카드)킹 닮았다는 말" 그러면 어느 순간
민망해할 것도 없이 얼굴을 자세히 보게 된다.
"뭐야 뭐야 정말 닮은 데가 있네 있네" 재미도 있고,
자기 얘길 쉽게 할 수 있고,
상대를 관찰할 수 있으면서도 기억에 남는다는 ^^

리액션 스킨십

상대의 말을 경청하며 재밌게 듣는다.
약간만 농담을 해도 웃으면서 자연스럽게 터치한다.
남성의 팔꿈치 윗살을 만지며 흔든다.
손이 너무 안쪽으로 들어가면 젖어 있을 수 있어
남자가 당황하고 팔을 빼버릴 수도 있다.
그보다 약간 쎈 방법은 몸을 숙이면서
웃으며 허벅지와 무릎뼈 사이를 친다.
스킨십은 호감과 비호감으로 가는 직행버스.
적당히 적절히 해야 한다.

**"적당한 리액션은 상대에게 호감지수를 높인다.
스킨십은 상대의 경계심을 무너뜨린다."**

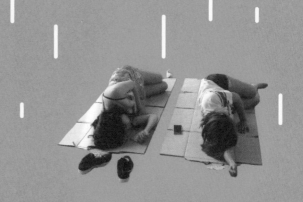

다금바리냐
양식장 광어냐
너하기 나름이다

동료가 썸을 타는데 남자 쪽에서
밍기적거린다고 내게 고민을 털어놓는다.
"가련한 남자여, 그대가 어장을 관리하는 순간
여자는 너의 가두리 양식장에 있는 양식산 광어가 되지만
바다로 나가면 다금바리가 된다.
그녀의 가치는 그대가 만드는 것일지니,
너는 왜 그녀를 양식장 광어로 만드는 것이더냐."

수지 필승법

영화 <건축학개론>에서 남녀 주인공이 버스정류장에서 한 키스법.
바로 이런 것을 우리는 기술이라 부른다. 스킬~
술을 좀 마시면 기회를 틈타 이성의 옆자리에 앉는다.
술을 마시며 '약간 덥다, 왜 이러지, 잠시만 쉴게……'라고 얘기하며
몸을 앞뒤로 살짝 방향성을 잃고 조는 듯한 느낌을 준다.
앞으로 흔들다가 옆으로 살짝 기댄다.
바로 기대면 절대 안 된다.(밑밥 작업을 5분 정도는 해야 한다.)
남자가 가만히 있으면 절반은 성공!
기댄 상태에서 고개를 너무 숙이지 말고,
45도 각도로 상대를 올려다본다.
상대가 고개를 돌리는 순간 숨소리와 입술이 코앞에 있다.
이를 어떡하겠냐. 남녀가!

매혹의 자리 이동

**술자리에서
마음에 드는 사람
옆에 앉는
타이밍은
언제가 좋은가?**

술자리 초반에 (마음에 드는 사람) 옆자리로

가면 어색해진다.

자칫 분위기 싸할 수도 있다.

그렇다고 얘기하는 도중에 가면

모든 사람에게 눈치 보인다.

술을 마시기 시작한 지 30분이 지나면

화장실 가는 사람들이 있다.

동성끼리 일어나는 경우가 있다.

아~ 좀 비키보지?

안 매립나?

TOILET

화장실 같이 갈래? 담배나 한 대 물고 올까?

자리에 돌아오면서 자연스럽게 옆으로 가서 앉는다.

전문용어로 화장실 로테이션.

화장실 가려고 일어설 때 친구에게

자기 자리 앉으라고 말해도 좋다.

용기가 있다면 먼저 자릴 바꿔 앉아도 좋다.

다만, 최대한 티 안 나게.

디제잉은
한 남자로 인해 시작했다 Narae TALK

디제잉의 시작은 내 연애사를 이야기할 때 빠지지 않고 등장하는 재미교포 출신의 8살 연하 전 남친 때문이었다. 내가 26살 때 한국에서 EDM은 꽤나 생소한 문화였고 몇몇 소수만이 즐기는 음악이었다. 무려 7년 전이니 말이다. 그때 재미교포였던 남친은 나에게 좋은 음악이 있다면서 처음 EDM 음악을 들려주었고 그게 바로 스웨덴의 하우스 음악 디스크자키이자 음악 프로듀서인 아비치였다.

집에서 베드룸 디제잉을 즐기는 친구였는데, 그땐 그 사람이 좋아서 그 음악이 좋았고 같은 공감대를 만들고 싶어 디제잉에 관심을 갖게 되었다. 음악을 계속 듣다보니 디제잉을 해보고 싶었고, 디제잉을 해보니 술을 안 마셔도 취한 것 같은 기분을 느꼈다. 나는 관심 가는 것에 대해 파고드는 성격이어서, 개인적으로 디제잉 레슨을 알아보며 배우러 다녔다.

나에게 맞는 선생님을 찾아다녔고 4명의 디제잉 선생님을 거쳐 지금의 디제잉 선생님과 2년째 일하고 있다. 살아가는 데 있어 하나의 악기정도는 다룰 줄 알아야 인생이 더 풍요로워진다고 생각하는 일인으로디제잉은 단순히 음악을 켜는 것이 아닌 음악을 만들어가는 작업이라고 생각한다. 그때 전 남자친구로 시작해서 개인적인 호기심과 재미로시작했던 디제잉이 이제는 개그우면 박나래가 아닌 DJ나래로 불리게되었으니 이 얼마나 장족의 발전이며 예기치 못한 행운인가. 역시 사람은 배우면 언젠간 써먹는다.

——— 귀족 스포츠인 승마는 오장육부가 흔들려
건강에 좋다고 한다. 음악에 리듬에 몸을 맞겨 흔들어도
그럴 것이다. 흔들자. 우리에겐 음악이 있다!

나래사장의 노하우

4

나래바
레시피

어디서나
구하기 쉽고
싸고
저렴하게
빠르고
맛있게
먹자 먹자!

한번 공개를 해볼까~

넘겨봐~!

팬들도 감탄한 정성의 결정체

김치찜

일단은 기본적으로 김치가 맛있어야 한다.
김치가 맛없는 집은 추천하지 않는 요리다!
우리집 김치는 분양해가는 사람들이 많다. 신기루
언니는 김치를 평생 한 번도 먹은 적이 없었는데, 우
리집에서 먹고서 지금은 김치를 좋아한다.
김치찜은 나래바의 요리 중 정성을 요한다. 다른 요
리도 정성이 필요하지만, 김치찜은 정성 중에서도
시간을 필요로 한다. 내가 만든 김치찜을 두고 맛없
다고 한 사람 아무도 없다. 배우 이서진도 맛있다고
했다. 팬미팅 때 팬들도 감탄한 요리다.
그럼 한번 만들어보자.

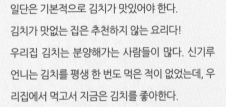

김치찜

재료: 김치 반 포기, 고기, 설탕, 다시다, 후추, 소주

1 두꺼운 냄비나 뚝배기에 양파를 슬라이스해서
바닥이 안 보일 정도로 깐다.

② 김치 반 포기를 그대로 올린다.(절대 썰지 말 것)

③ 고기 올리고, 설탕 한 스푼, 다시다 한 스푼, 후추 뿌리고
소주 1/3, 물1/3 투입.

④ 뚜껑 닫고 센 불에서 10분, 뭉근한 불에서 40분.

5 고기가 김치랑 흐물흐물해진 것을 볼 수 있다.
중간에 국물 끼얹으면서 김치랑 고기랑 자리를 바꿔준다.
안 그럼 탄다.

⑥ 이 순간 입은 말하라고 있는 것이 아니다,
김치찜 먹으라고 존재하는 것이다.

나래바의 시작이자 요리의 시작

스팸계란볶음

처음 독립을 하고 술을 마신 후
한잔 더하자는 기분에서 자리에 함께했던 분들 모두
집으로 모셔와 냉장고에 남아 있는
음식들을 잡히는 대로 볶았다.
먹고 잠들었다.
뒷날 아침 어슴푸레 눈을 떴는데
부엌 쪽에서 달그락 소리가 나서 도둑인가 두려웠다.
알고 보니 도연이가 너무 맛있다고
안주를 손으로 집어먹고 있었다.
그 요리가 바로 족보 없는 창작 요리인
'스팸계란볶음'이다. 나래바의 시작.

스팸계란볶음

재료: 스팸, 계란, 양배추, 마늘, 양파

1 스팸을 적당한 크기로 썬다.

　　(준비: 마늘 편썰기, 양파·양배추 채썰기, 대파 어슷썰기)

② 기름 두른 프라이팬에 마늘을 볶다가, 냄새가 올라오면
　　굴소스 큰술을 넣고 양파, 양배추, 스팸 넣고 볶는다.

③ 계란을 풀고 같이 휘저어 볶는다.

④ 대파를 넣고 후추로 마무리.

김치 치즈 프라이즈 이태원 갈 필요 있나?

재료: 다진 돼지고기, 적양파(흰양파), 김치, 나초 치즈,
　　샤워크림, 굴소스

1 (감자도 길고 가느다란 게 있고 두툼한 게 있다.) 두툼한 걸 쓴다.

② 감자를 튀긴 다음 옆에 놓고,
　　다진 돼지고기는 맛술과 후추랑 소금간 해서 재워둔다.

③ 양파와 김치를 잘게 다진다.

④ 감자튀김 위에 김치를 넓게 올리고, 다진 양파 올린다.

5 재워둔 다진 돼지고기에 굴소스를 넣고 볶는다.

⑥ 4번 위에 5번을 올린다.

7 샤워크림에 나초 치즈를 올리고, 핫소스를 뿌린다.

⑧ 비벼먹는 요리인데 외국인들도 맛에 뿅간다.

중국식 볶음 중국 갈 필요 있나?

재료: 목살(삼겹살), 맛술, 후추, 소금, 부추, 파프리카, 대파, 고추냉이, 쥐똥고추, 다진 마늘, 굴소스

1 (돼지 목살이나 삼겹살 다 좋은데 나는 목살이 더 좋다.)
목살을 산다.

2 목살을 검지손가락만하게 숭덩숭덩 썬다.
(고기를 보관할 때는 함부로 썰어두면 안 된다.
나중에 무엇을 해먹을지 알 수 없으니까.)

3 미림, 맛술, 후추, 소금 살짝 뿌려서 30분간 재워둔다.

4 부추, 파프리카, 대파를 준비한다.

5 조금 익었다 싶으면 쥐똥고추를 넣고 매운 기름을 만들어준다.

6 재워둔 고기를 올리고, 다진 마늘, 대파, 부추, 파프리카를 넣는다.

7 굴소스 적당량, 두반장은 반 스푼만.

8 자, 드셔보시라. 진짜 맛있다.

연포탕 마시면서 몸보신

재료: 낙지, 무, 바지락, 양파, 다진 마늘, 미나리, 애호박, 소금

1 무와 바지락을 넣고 육수를 끓인다.

② 채썰기한 양파, 다진마늘, 애호박을 넣는다.

③ 간장 살짝, 소금간을 한다.

④ 낙지를 넣고 청양고추와 대파, 마지막으로 미나리를 넣는다.

5 안주에서 숙취해소까지 문무를 겸비한 음식이다.

볶음김치 할머니의 비법

재료: 묵은 김치, 참기름, 소금, 설탕

볶음김치는 따뜻할 땐 괜찮은데, 차가우면 좀 느끼하다.

차가운 볶음김치를 느끼하지 않게 먹을 수 있는 울 할머니만의 비법.

1 묵은 김치를 잘게 썬다.

② 썬 김치에다 참기름을 넣고 소금 살짝, 설탕 한 스푼에 버무린다.

3 할머니를 그리워하며 먹는다.

케사디야 원혀 투맛

**재료: 토르티야, 토마토소스, 모차렐라 치즈, 닭가슴살, 양파,
올리브, 할라피뇨**

오븐이 있으면 좋지만 없으면 프라이팬

1 토르티야에다 토마토소스를 바른다.

② 그 위에 닭가슴살(통조림)을 찢어 올린다.

③ 그 위에 양파 올리고, 올리브 올리고, 할라피뇨를 올린다.

④ 모차렐라 치즈를 올리고 그대로 익힌다.

5 토마토소스를 바른 밑장을 올린다.

⑥ 위에 접시(뚜껑/오븐 효과)를 올려둔다

7 밑은 바삭, 위는 촉촉.
혀는 하나지만 두 가지 맛을 동시에 느낄 수 있다.

부추전 엄마의 비법

재료: 애호박, 부추, 양파, 마른 새우, 계란, 부침가루, 소금, 참기름

1 애호박와 부추, 양파를 채썬다.

② 마른 새우(보리새우)를 넣는다.

③ 계란 넣고 부침가루, 소금 살짝, 참기름, 설탕 반 스푼을 넣는다.

❹ 기름 두른 프라이팬에 넓게 붓는다. 안 타게 조심.

5 30분간 상온에 둔다.

6 엄마 생각하며 먹어보자.

감말랭이+고다 치즈 와인 절친

재료: 고다 치즈, 감말랭이

1 고다(하우다) 치즈를 칼로 4등분 낸다(슬라이스).

② 감말랭이에 고다 치즈 슬라이스를 올린다.

③ 와인 안주로 딱!

명란구이 맥주 절친

재료: 명란젓, 마요네즈, 시침

1 명란젓를 약하게 굽는다.

② 구운 명란젓 위에 마요네즈를 올린다.

③ 일본식 매운 가루인 시침과 쪽파를 썰어 올린다.

❹ 맥주 안주로 좋다.

5 술도둑이니 조심!

일본식 오뎅탕 소주 절친

재료: 모듬 오뎅, 설탕, 쓰유

1 시중에서 파는 모듬 오뎅을 구입한다.

② 냄비에 오뎅을 넣는다.

3 오뎅 봉지에 들어 있던 스프를 반만 넣고, 설탕 한 스푼을 넣는다.

④ 일본식 간장 쓰유를 넣는다.

5 먹어보자. 소주와!

백순대 신림동 갈 필요 있나?

재료: 순대, 들깻가루, 양배추, 양파, 마늘(당근), 청양고추

1 편의점(혹은 마트) 순대를 산다.

② 순대를 어슷썰기로 썬다.

③ 기름 두른 프라이팬에 마늘을 넣고 볶은 다음,
양배추, 양파를 소금간 하고 나서 볶는다.

4 순대를 넣고 볶다가 들깻가루 한 스푼, 소금간 약간, 후추를 넣는다.

5 익었다 싶을 때 청양고추를 넣고 살짝 볶는다.

⑥ 위에 접시(뚜껑/오븐 효과)를 올려둔다.

7 정녕 내 손이 사먹는 순대보다
더 맛있는 순대를 만들었단 말인가 하며 먹는다.

베이컨말이

재료: 아스파라거스, 베이컨, 후추

1 아스파라거스를 7~10cm로 자른다.

② 베이컨을 사선으로 돌돌 말고, 후추를 뿌린다.

③ 프라이팬에 기름을 두르고, 돌돌 만 베이컨 끝이 밑으로 가게 해서
  풀어지지 않을 때까지 익히다가 나중에 뒤집어서 익힌다.

핑거푸드

안주 만들 시간은 빠듯하고, 손님은 있고,
배 부를 때는 아래에서 4가지를 내놓으면 된다.
참 쉽죠잉~

• 와사비맛 김튀각 • 코코넛 청크 • 사할린 견과류 • 스모크 햄, 치즈
• 말린 망고 • 바나나칩 • 육포 • 과일

감바스 스페인 갈 필요 있나?

재료: 새우, 마늘, 후추, 소금, 페페론치노, 쥐똥고추, 빵

1 물기를 제거한 새우에 후추와 소금을 뿌린다.

② 프라이팬에 올리브유를 두르고 편썰기한 마늘을 넣고 끓인다.

③ 페페론치노(혹은 쥐똥고추)를 넣는다.

❹ 간이 된 새우를 넣고 끓인다.

⑤ 빵을 곁들어 먹으면 좋다.

곱창전골 30년 원조의 맛의 구현

재료: 편의점 곱창, 소주, 다진 마늘, 사리곰탕 스프, 고춧가루,
양파, 들깻가루, 대파, 청양고추

1 냄비에 편의점에서 산 매운 곱창을 넣는다.

② 소주를 한 컵 넣고 볶는다.

③ 다진 마늘 넣고 볶는다.(잡내 제거)

4 어느 정도 볶았다 싶으면 물을 붓고
사리곰탕 스프를 넣어 끓인다.
(사리곰탕면을 넣으면 사리면처럼 즐길 수 있다.)

⑤ 고춧가루, 양파, 들깻가루를 넣는다.

6 마지막으로 대파를 썰어넣는다.

7 식성에 따라 청양고추를 넣어도 맛있다.

8 30년 맛집의 곱창전골 맛이 난다.

조심: 소주가 막 당기는 요리.

하루에 5번
판을 바꿔 깐
나래바  Narae TALK

요즘은 내가 인기를 얻은 건지 나래바가 인기인 건지, 아무튼 종종 유명인이 오지만 예전에는 초대받은 대부분의 손님은 모두 거기서 거기였다. 거기서 거기인 친구들이 부담이 없어 좋다. 나래바에 한 번도 안온 사람은 많을지언정, 사람이 좋아서건 음식이 좋아서건 술이 좋아서건 한 번만 온 사람은 없다. 연예인 혹은 유명인이 온다고 나래바가 별난 건 아니다. 직업이 개그맨이고 요즘은 토크쇼도 많이 나가다보니 개그맨 친구들이 많고 자연스럽게 유명인들과 친분으로 이어져 나래바로 초대해서 놀게 된다. 하지만 사실 곁에 있는 사람이 중요하다. 내가 나래바를 만든 이유이기도 하다.

언제든 전화했을 때 스스럼없이 나와
포장마차에서 술 한잔 기꺼이 마실 수 있는 그런 친구.
다 내려놓고 편하게 대화 나눌 수 있는 사람.

어느 사회나 마찬가지겠지만, 나도 개그계에 들어왔을 땐 선배들이 어렵고 무서웠다. 만나서 제대로 대화를 나눠본 적이 없으니 외모에서 풍기는 분위기에 눌려 지레 겁을 먹을 때가 많다. 그런데 실은 그 사람에 대해 몰라서 그렇다. 일대일로 만나면 무섭거나 악한 사람은 없다. 나는 김숙 선배가 너무 무서웠다. 알고보니 여리고 여성스럽고 허당이었다. 남들은 김숙 선배가 술을 잘 마실 거라고 생각하지만 나래바에 와서 물만 2리터 마시고 갔다. 요즘 들어온 후배들은 나를 무섭게 생각하는 것 같다. 후배님들아 그러지 말아라.

대학 엠티가 그렇지 않나. 놀 사람 놀고, 마실 사람 마시고, 잘 사람 자고, 가려 자는 친구들은 시간되면 가는 거고. 나래바라는 공간에 자유는 있어도 억지는 없다. 술을 못 마시면 안 마셔도 된다. 모두들 술을 잘 마실 것 같다고 생각하는 김숙 언니는 나래바에 와서 물만 2리터 마시고 갔다. 술을 전혀 못 마시는 분.

사람 부르는 것을 과도하게 좋아해서
하룻밤에 다섯 번 판을 바꿔 깐 적도 있다.
이때 처음부터 끝까지 자리를 지킨 사람은
김지민, 장도연, 신기루. 이들은 나래바 죽순이 붙박이.

나래사장의 노하우

5

해 장

나래바 오픈 다음날은 버린 날이다. 뒷
날 스케줄이 없을 때만 주로 마신다. 요
즘에는 출연하는 프로그램이 많아 술과
멀어지는 느낌. 무명 때는 돈이 없었고,
인기가 생기니 시간이 없어 술을 못 마
신다. 아무튼 숙취편을 쓰자.

주령이 많은 만큼
숙취에 도가 텄다.

바로 해장하면 좋지 않다.
일단 다섯 시간의 여유를 둔다.

1 일단 푹 잔다. **종일 잔다.**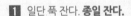

② (네댓시쯤?) 일어나면 **생토마토**에 **얼음**과 **꿀**을
넣고 갈아 스무디처럼 만들어 마신다. 토마토
에는 활성산소를 제거하는 폴리페놀이 들어 있
다고 한다.

3 **소화제**를 먹는다. 술도 음식인지라 위에 남아
있으면 숙취를 일으키는 숙취 잔류감이 있다.
이것을 모조리 뿌리뽑기 위해 먹는다.

❹ **창문**을 열어놓고, **음악**을 켜고 으샤으샤 홈트
레이닝을 한다.

⑤ **술똥**을 싼다.

6 **쌀국수**를 때리든가 아니면 김치콩나물국에 계
란프라이를 곁들여 먹는다. **초코우유**도 좋다.

❼ 병 치우고 설거지하고 청소하고

⑧ 샤워로 노폐물과 작별한다. (사우나 아님)

술을
오래 마시기
위하여

나래바 사장이 되기 위한 조건으로
스스로 내건 것은 체력 유지

살사소스 & 나초칩

재료: 토마토, 양파, 꿀, 소
금, 후추, 레몬즙, 허브가
루, 나초칩

1_토마토를 잘게 다진다.
양파도 다진다 .2_꿀 5스
푼, 소금 살짝, 후추, 레몬
즙을 2스푼 넣는다. 3_짭
졸한지 맛본다. 짭졸하게~
4_나초칩 위에 올린다. 5_
(허브가루 등을 올린다. 참
고로 나는 로즈마리를 넣
는다.)

내가 생각해도 나는 정말 놀려고 노력을 많이 하는
편이다. 일단 먹는 것부터. 물을 많이 마시고, 건강
음료를 즐기며, 비타민 등 건강보조식품을 챙겨 먹
는다. 인스턴트 식품은 먹지 않으며 잡곡밥과 야채
위주의 식단을 좋아한다. 동네 체육관에서 PT를 받
으며 그간 내 몸뚱이 안에서 고생했을 노폐물들과
땀을 바깥으로 내보내준다. 일이 없을 때는 꽃꽂이
와 프랑스자수 등도 배우고 있다. 믿으실지 모르겠
지만 종종 책도 읽는다. 이렇게 열심히 몸(과 마음)
을 다진다. 주위에서는 몸관리를 그렇게 하는데 술
도 그만 끊지 왜 마시냐고. 만약 이 체력에 술까지 안
마신다면 나는 천수를 누릴 터, 그냥 백수만 누리고
싶다.

"건강해야 술도 마시고,
제대로 놀고 즐길 수 있다."

27살 때부터 밀크시슬(GNC, 솔가)을 챙겨 먹었다

요즘에는 일본제 간장약 '헤파리제'를 먹는다

아픔은 한순간이고,
웃음과 사진은 영원하다._분장퀸

3부
나래바 셔터를 내리다

전체를 앗아간
리허설

리허설을 하다가 코뼈가 부러진 적이 있었다. 내 등 뒤로 가방을 메면, 김인석 씨가 그 가방끈을 토트백처럼 메고 가다가 그대로 쓰레기통에 버리는 연출이었다. 빈 쓰레기통 속으로 엉덩이가 쑥 들어가고 손발만 나와 흔드는 장면에서 관객들의 웃음보를 터뜨릴 심산이었다.

가방끈을 강하게 묶었고, 쓰레기통 위치도 확인했다. 리허설의 시작은 순조로웠으나 쓰레기통과 함께 넘어지면서 코뼈가 부러졌다. 얼굴을 이래저래 돌려깎기하고 손을 봐도, 코는 타고난 자연산 코였기에 무척 슬펐다. 10개 갖고 있는 사람한테 1개를 뺏은 게 아니라 1개를 갖고 있는 사람에게 전부를 앗아가버린 비참한 기분.

(김인석 씨가 미안하다고 위자료를 줘서 마음이 조금은 달래졌다.)

나래바 임시폐업, 성형수술 아님.
이거 목이 아파서 병원 온 건데,
(여기에 사진 넣는 편집자 센스하고는... ㅋㅋ)

옛날에는 회사에서 나를 그쓰라 불렀고,
지금은 예쓰라 부른다.
옛날에는 그냥 쓰레기, 지금은 예쁜 쓰레기.

나는 놀 때 쓰레기라는 말을 자주 쓰고,
쓰레기라는 말도 많이 듣는 편이다.
쓰레기는 한 번의 쓰임이 있었기에
쓰레기로 나올 수 있었던 것 아니냐는
생각을 한다.

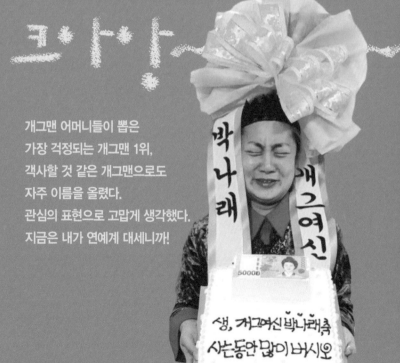

개그맨 어머니들이 뽑은
가장 걱정되는 개그맨 1위,
객사할 것 같은 개그맨으로도
자주 이름을 올렸다.
관심의 표현으로 고맙게 생각했다.
지금은 내가 연예계 대세니까!

구겨진
두 번의 자존심
어쩌다 온 성공 ⟨Narae Story⟩

초중고대학까지 연기를 해왔다. 나의 꿈은 한결같이 배우였지 개그맨은 아니었으나 대학에 들어와서부터 한순간에 바꿨다. 진학은 연극학과였는데, 잘생긴 선배들이 모두 개그동아리에 있었다. 잘 생긴 선배들과 술이라도 한번 마실까 하고 두드린 것이 개그계에 발을 들인 시작이었다. 개그프로그램에 아마추어로 참여하였고, 개그맨 공채 시험을 보았는데, 한 번에 붙어버렸다. KBS 21기. 선배들이 '신봉선 뒤를 이을 인재가 들어왔'고 반겨주었다.

KBS 희극인실에 앉아 있는데 신봉선 씨가 들어와서는 **"난 이제 망했다. 이런 독한 얼굴을 가진 애를 도저히 이길 수가 없다"**고 말했다. 인생 수월하게 풀리는 걸 하고 내심 낄낄거리고 있었다. 웬걸. 방송에서는 큰 발성과 과한 표정이 필요없는데 연극무대에서의 습관이 그대로 나온 것이다. '너 진짜 연기 못한다.' 엄청나게 혼나고 깨졌다. 충격이었다. 초등학생 때부터 연기를 해왔고 한 번도 못한다는 말을 들은 적이 없었다. 연기에 대해서는 자신을 넘어 자만하고 있었다. 화가 나기도 하고 내가 지금까지 뭘 배운 거지 싶어 우울증이 깊이 올락말락했다.

그래 누가 이기나 해보자. 화요일 리허설을 끝내고 밤 10시에 서울을 벗어나 연기지도를 받고 뒷날 아침 10시에 서울로 올라와 옷만 갈아입고 곧장 녹화방송을 하곤 했다. 개그콘서트 '봉숭아 학당'에서 칠판 밑으로 귀신 분장을 하고 나오는 역이었는데, 두 달 만에 역할을 내렸다. 방송 홈페이지 시청자 게시판에 무서워서 못 보겠다는 글들이 심심찮게 올라왔다. 내가 봐도 웃겨야 할 장면에 무서웠다.

개그콘서트에서 실패하고 코미디빅리그로 넘어왔다. 개그콘서트를 연출하신 적 있던 김석현 국장님의 제의를 받고 고민했다. 꿈의 무대를 버리고 또다른 꿈을 꾸었다. 국장님의 섭외도 있고 해서, 내가 코빅으로 가면 바로 뜰 줄 알았는데 이건 또 웬걸. 예비군팀으로 만든 6개팀 중 하나로 편성되었고, 6주 뒤에 들어가서 첫 주에는 싸한 반응, 그 다음주에는 다시 밀가루 범벅이 되어 탈락했다. 다음주 출연권을 박탈당했다. 굉장히 모욕적이었고, 자존심 상해 미치는 나날의 연속이었다. 개콘 선배들 보기에도 힘들었다. 눈물이 났다.
아홉 번, 열 번을 하고 급하게 팀이 필요해 대타로 들어갔다가 일등을 했다.

'리얼 티비' 만세!!

엄마는
예능 프로만 보신다 *Narae Story*

"엄마 나 코빅에서 1등 했어!"
"아, 그래? 못 봤어 미안. 잘했다 우리 딸!"

엄마는 내가 출연하는 프로그램은 거의 보지 않는다. 처음에는 드라마를 좋아하고 쇼 오락프로그램을 싫어하시나보다 생각했다. 나중에 알고보니 일부러 보지 않으셨다. 엄마가 보기에 TV 화면에 나오는 딸의 모습이 키도 작고 약해 보이는데 맨날 얻어맞고 망가지고…… 지금도 엄마는 예능프로는 보지만 개그프로는 아예 보지 않는다. 나는 망가지는 것이 그다지 나쁘지 않다. 오히려 유쾌하고 재밌는데 그럴 때마다 한쪽에 딱 걸리는 건 울 엄마!

나는 누군가를 위해 망가지지만,
내 가족들이 나의 그런 모습 때문에
힘들어하는 걸 알았을 때
마음이 별로 좋지 않다.
그래도 이 일을 그만두고 싶지는 않다.
나는 천생 사람들을 웃기는 게 좋다.
좀 전문용어로 나대는 게 좋다.

———— 꼴찌 없는 1등이 있겠는 가마는 모두가 1등만 했으면 좋겠다. 모두가 안 된다면 나만!

과음 뒷날
아직도 꿈같다 `Narae TALK`

사람들에게 널리 알려진 뒤 가장 많이 들은 이야기가 "네 부모님이 너 잘되고 너무 기뻐하셔"라는 말이다. 세상의 어느 자식이 그렇지 않겠는가. 이 말을 들었을 때 기분이 정말 좋았다. 듣고 싶었지만, 그건 바람일 뿐이었는데, 내 인생에서 이런 말을 들을 때도 있구나. 내가 생각해도 내 경우가 그렇게 일반적이진 않으니 더욱 기뻤다. 주위 지인들이 "이렇게 살아도 성공하는구나" 하고 다들 기뻐해주셨다.
(이렇게 살아도?!)

나는 지금도 내가 유명해졌다는 사실이 꿈만 같다. 마치 전날 술을 엄청 마시고 아침에 깼는데 눈썹과 눈썹 사이에 아직 안개가 껴 있는 그런 기분? 뭔가 들뜬 듯 현실감 없는 그런 느낌이다. 몰래카메라에 당하는 상황 같은 느낌. 바깥에서 사람들이 알아봐주시고 사진 찍자고 사인해달라고 할 때마다 부끄럽고 적응이 잘 안 된다. 물론 기분은 엄청 좋다. 그러다가 이 모든 일들이 너무 꿈만 같아서 현실이 아니지 않나, 우울감이 살짝 찾아올 때도 있다.

가족과 일부 친구들만이 나를 걱정해주었는데, 유명해지고 나니 걱정해주시는 분들이 많아졌다. '건강'부터 '남자' '사고' 등 밖에서 술을 마시면 전에는 그러려니 했는데, 요새는 주변에서 '나래씨 어디에서 봤는데 술 좀 취하셨던데 조심히 들어가세요'라고 쪽지를 받은 적도 있었다. 거품 좀 보태서 국민이 나를 걱정해준다고 생각하니 여러 가지 행동을 조심해야겠다는 좀 어른스러운 생각도 들었다.

우리 회사 부대표님 말씀이
갑자기 생각난다.

"우리 나래는 가까이서 보면 무섭고,
멀리서 보면 걱정되고 그래……"

우우욱~
이건 꿈이야…

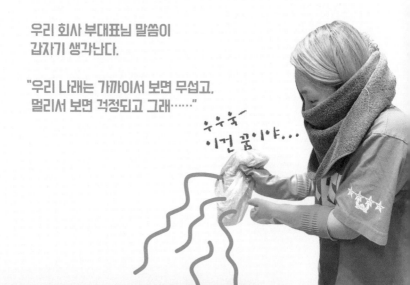

무명과
스타의 차이 Narae Story

남들이 볼 때 혼자 제 멋대로 산다, 인생 막 산다고 생각하겠지만 솔직히 대놓고 막 살지는 않는다. 물론 놀 때는 누구보다 화끈하게 쓰레기처럼 놀지만, 생각보다 타이트하게 산다. 무명시절에는 스케줄이라고 할 것이 없으니 시간이 굉장히 많았다. 그런 시간을 허투루 보내고 싶지 않아서 없는 살림에 쪼개고 쪼개서 일본어 공부도 하고, 디제잉도 배우러 다니고, 방송댄스 등 궁금하고 하고 싶었던 것을 웬만큼 하고 다녔다. 그래도 시간이 많아 사람들을 많이 만났다. 혼자 있는 시간을 즐기는 욜로족으로 나를 꼽는 분들도 많이 계시지만, 나는 기본적으로 사람들이 북적이는 걸 좋아한다. 새로운 사람 만나는 것도 좋아하고. 일에 쏟아야 할 에너지를, 일이 없으니 살림이 허락하는 선에서 낮에는 방송프로그램 새 코너 회의에 참석하거나 이것저것 배우러 다녔고, 밤에는 주로 사람들을 만났다. 지금은 배우고 싶은 것도 많고, 만나고 싶은 사람도 많지만 스케줄에 밀려 말만 반복할 뿐 만나자고 던져놓고 번복하는 일이 태반이다.

"10년 동안 놀았으니
10년 치 체력이 남아 있는데.
이제 겨우 한 달 치 썼다."

무명시절에는 체력이 좋은 사람인 줄
알았는데, 요즘 바쁘다보니 착각이
었다는 사실을 알았다. 그저 에너
지가 조금 더 있는 편이라고 해야
하나. 그것도 하루에 한정된 양이 있
는데 일을 마치고 돌아오면 놀고 싶어도 이
미 지쳐버린 나 자신을 보곤 한다. 일할 때 에너
지를 다 쓰니 놀 에너지가 없다. 예전에는 일
을 안 하니 에너지가 FULL이었는데.
그래서 만나는 사람만 만나게 되는 것
같다. 바빠지면서 가장 아쉬운
점이다.

저는 차분하고
진득하답니다 `Narae Story`

옛날에, 그러니까 내가 7살 정도였을 때 안방 수틀에 걸려 있는 모란 모양의 동양자수를 본 적이 있었다. 그 색실로 무언가를 만든다는 게 신기했던지 어린 나이에 엄마의 작품에 엉성한 바느질을 했던 기억이 난다. 아마 그때부터 내가 자수에 관심이 있지 않았을까 싶다. 손재주가 있는지 모르겠지만, 나는 내 손으로 무언가를 만드는 걸 굉장히 좋아한다. 예전에는 연극 무대 의상도 직접 만들고 〈개그콘서트〉에서 '패션 no.5' 할 때도 재봉틀로 직접 의상을 만들었다. 내가 좀 산만하고 소란스럽다고 생각하신다면 오해다. 나는 생각보다 집중력이 좋아서 뭔가에 빠지면 진득히 앉아서 3~4시간은 금방 보내는 스타일이다. 일이 바빠지면서 활동적이고 에너지틱한 일을 계속 하다보니 가만히 앉아 집중할 무언가가 필요했던 것 같다. 그때 마침 방송 촬영으로 프랑스 자수를 배울 기회가 생겼다. 조용히 앉아서 바느질을 하다보면 잡생각도 사라지고 좀 편안해진다고 할까. 천위에 도안을 그리고 색색깔 실로 색칠 공부 하듯 채워나가는데 완성한 작품을 보면 뿌듯하고 나름 예쁘기도 하다. 요새는 자주 못한다. 엄마가 바느질하면 눈 나빠진다는 말씀을 하시니 정말 눈이 좀 침침한 것 같기도 하다(이건 그냥 핑계일지도). 여유가 있다면 조금 큰 작품에 도전해보고 싶다. 굉장히 차분해지는 나를 발견할 수 있으니!

디제잉 선곡중······ 세상 참하다

─────────── 책, 살은 안 찌는데 나를 배불리는 것. 부모님은 내가 9살 때부터 15
살 때까지 문방구를 운영하셨다. 그때부터 책이라는 세계를 좋아했었다. 인생의 책을
꼽는다면, 밀란 쿤데라의 〈참을 수 없는 존재의 가벼움〉

——————— 한때의 화려한 꽃보다 잎이고 싶다. 아니 덩굴식물이고 싶다. 덩굴처럼 사람들을 좋아해 이 사람 저 사람 올라타고, 이것저것 만들어 먹고, 이 술 저 술 마셔대고, 덩굴처럼 누군가에게 올라타도 무게감 없이 시원하게 그늘을 만들어주는 그런 식물.

체대 입시
준비하세요? Narae Story

운동을 자주 하는 편이다. 움직이는 걸 좋아해서 시작했다기보다는 원래 살을 뺄 목적으로 시작했다. 처음 헬스장에서 PT를 시작으로 EMS 운동, 필라테스, 요가, 복싱(이건 진짜 한 달 하고 그만둠), 사이클 등 여러 가지 운동을 했다. 땀이 많은 체질이어서 운동을 조금만 해도 땀이 줄줄 흐르는데, 마치 온몸의 땀구멍으로 알코올이 빠지면서 진짜 개운함을 느낀다. 더운 걸 싫어해서 사우나에는 안 가지만, 아마도 사우나에서 땀을 빼고 나서 느끼는 개운함 같은 것이 아닐까. 손님 접대에서 나온 말이겠지만, 같이 운동한 헬스트레이너분들 중에는 운동 참 잘한다며 나에게 혹시 체대 입시 준비한 적 있냐고 묻는 분도 계셨고, 보디빌더로 키우고 싶다고 하신 분도 계셨다. 나는 트레이너분께서 해주신 말씀들에 진정성이 있다고 믿고 싶다. 운동은 내 체질에 딱 맞는 것 같다. 확실히 운동을 꾸준히 한 주에는 체력도 더 좋고 잠도 잘 오고 뭔가 탄탄해진 느낌(?)이 든다. 꾸준히 하면 좋은데 그게 참 어렵다. 뭐든 오래 끝까지 하는 놈이 이기는 건데.

아, 핸드폰을 허벅지 주머니에 넣어놨더니
허벅지 살이 '슬퍼요'를 눌러버렸네……
아, 슬프다. 내일부터 운동해야지!

크고
화려하며
과하다 `Narae Story`

플라워 레슨은 인테리어를 좋아하면서 관심을 갖게 됐다. 집 꾸미는
걸 굉장히 좋아해서 튀는 소품과 조명으로 집을 꾸몄는데 생화가 주
는 느낌은 마치 미원 같은 느낌이랄까. 없어도 맛있게 먹을 순 있는데
넣기만 해도 감칠맛이 확 나는. 개인적으로 꽃을 좋아하고, 꽃을 선물
받으면 기분이 좋다. 때가 되면 가끔씩 양재동 꽃시장에 가서 화분을
사다가 들여놓기도 한다. 그러다가 친한 동생의 소개로 플라워 레슨
을 받게 되었는데 이게 또 프랑스 자수와는 다른 새로운 힐링을 준다.
남들이 봤을 땐 아무 꽃이나 막 꽂는 것 같지만 구도와 색감 균형을 생
각하면서 꽃을 꽂아야 한다. 선생님이 꽂는 것을 따라 그대로 꽂아도
느낌이 다 다르다. 꽃꽂이는 사람의 성격을 그대로 보여준다. 어떤 건
굉장히 화려해지고, 어떤 건 좀 소박한 느낌, 어떤 건 정신이 없다. 물
론 내 꽃꽂이는 크고 화려하며 약간 과한 느낌이다. 마치 날 보는 것
같다는.
그리고 끝나고 클래스 사람들과 함께 마시는 와인은 굉장히 고급진 느
낌이라 또다른 재미를 준다. 아, 역시 기승전술이구나.

해장에는 꽃꽂이. 오늘은 꽃에 취한다

성형은 남들이 아닌
자신을 위해

나는 자칭 성형미인, 타칭 성형인이다. 사람들은 내게 자주 묻는다. 성형하면 어떻겠냐, 난 어딜 고쳐야 하느냐 등. 물론 내가 겪었고 아는 한에선 정말 거짓 없고 과장 없이 성형에 관한 모든 걸 다 이야기한다. 그렇다고 해서 나는 성형을 권장하는 사람은 아니다. 반대로 성형은 하면 안 돼, 그것도 아니다. 강요하지 않을 뿐, 하고 싶다면 해야지. 난 그저 성형의 목적이 무엇인지 물으면서 그 주체는 자기 자신이 되어야 한다고 얘기해준다. 누군가를 위해서 누구처럼 닮고 싶다고 해서 하는 성형은 언젠간 분명히 후회한다. 그리고 성형을 하는 것도 자신의 선택, 남들 말에 휘둘려서 결정해선 안 된다고 말한다.

그렇기에 성형 후의 책임 또한 온전히 자신의 책임이라는 이야기도 필수. 본인과 남의 삶에 피해를 주지 않는 선에서 자신의 자존감을 위해 자신을 위해서 하는 성형을 남들이 왈가왈부할 권리는 없다고 생각한다. 당신들이 그 인생 살아줄 것인가? 책임져줄 것인가? 그렇다면 너무 넓은 오지랖은 접어두시길. 이 세상에서 나를 가장 많이 보는 사람이 누구인가. 바로 나 자신이다. 남들 눈에 아름다워 보이려고 성형하지 말고 내 자신을 사랑했으면 한다.

"사람들이 못생겼다고 하면
기분 나쁘지 않나요?"

"괜찮아요. 제가 못생긴 게 아니라,
개그우먼 박나래가 못생긴 역할을
한다고 생각하거든요."

"예뻐 보이고 싶지 않나요?"

"평소 화면보다 실물이 더 예쁘다는
반전을 즐기고 싶습니다."

"성형수술 후
처음 맡은 배역은요?"

"두꺼비였어요. ㅠㅠ"

사주를 보러 갔더니 쌍꺼풀 수술을 하면
일이 잘 풀릴 거라고 했다.
얼굴에 칼을 대면 인생이 180도 바뀔 거라고.
성형수술을 할지 말지 평소 고민을 했었는데,
나는 '안 하고 후회할 것인가,
하고 후회할 것인가'에서 언제나
하고 나서 후회하자주의자이다.
쌍꺼풀에 앞트임까지 했는데,
문제는 눈이 곧 하나가
될 것 같이 생겨버렸었다. 세상이 두려웠다.
돈 들여 스스로 내 얼굴을
미니언즈로 만들어버리다니……

분장퀸

예전에 연극동아리 시절부터 분장하길 좋아했는데, 본격적으로는 〈폭소클럽〉 프로그램에서 여배우 분장을 했었다. 내가 분장을 좋아하는구나, 그때 깨달았다. 분장하는 데는 보통 30~40분 정도, 길어질 때는 1시간 반 정도 걸린다.

이제 나도 반무당이 되어 웬만한 분장 용어는 다 안다. 분장을 하고 거울을 보면 아쉽고, 아쉽고, 무대에 올라가기 직전까지 분장을 고친다. 민감한 피부인데 막상 분장을 할 때는 피부가 진정이 된다.

타고난 분장체질!

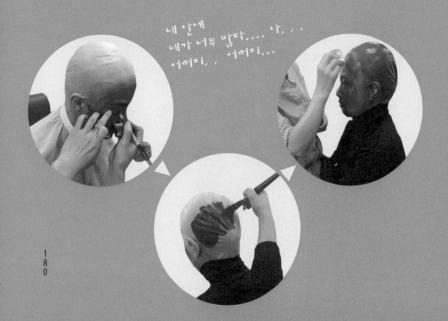

내 안에
내가 너무 많다…. 아…
어쩌지.. 어쩌지…

석유로 지운다
담배 피우지 마라—춈!

본드로 살을 붙이고,
석유로 분장을 떼어내는 고통을
감수하면서도 분장개그를 하는 이유?

"아픈 건 순간이고,
웃음과 사진은 영원한 거니까!"

분장 원칙 [분장 원칙] 명사

1. 원판 불변
절대 미남미녀의 분장은 하지 않는다. 개그가 안 먹힌다.

2. 선택과 집중
성대모사를 잘하면 괜찮지만, 나는 표정과 행동에 방점을 둔다.

3. 관찰
보고 또 보고, 내 얼굴이 그 사람 얼굴이 될 때까지.

너의 "나래는 분장을 안 하면 못 웃기나?"를
나는 "박나래는 분장하면 웃긴다!"로 읽는다.

"요즘에는 분장하나 안 하나
내가 쫌 웃기긴 하지?"

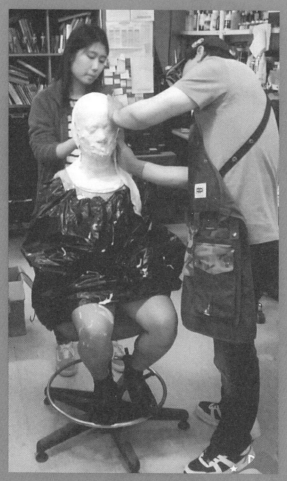

나래는 오늘도 분장중

남다른
패션 철학

즐기자.
나의 모든 것!

여행은
시간을 가진
사람만이
누릴 수 있다

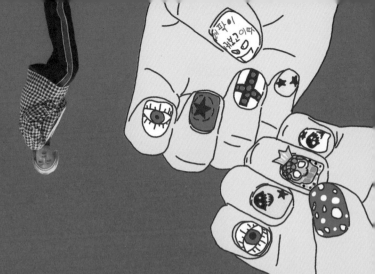

내가 키 크고 예뻤으면 이렇게까지 신경
안 쓴다. 그런 애들은 그냥 청바지에 흰
티셔츠만 입어도 태가 나잖아. 그게 너무
화난다. 나는 내 신체적인 콤플렉스를 스
타일링으로 커버하는 편이다. 원래 희극
인들이 패셔너블하다. 흔히 업신여긴다고
하잖아. 후줄근하게 입고 다니면 무시당
한다. '무대 위에서는 망가지는데 무대 밖
에서는 패셔너블한 프로'란 걸 보여주기
위해서라도 신경쓰는 편이다.

어릴 때부터 옷을 좋아했다. 개그맨(배우)
이 안 됐다면 패션디자이너나 패션블로거
가 됐을 거다. 연극을 하면서도 직접 분장
하고 의상 만드는 것을 좋아했다. 그 습관
으로 요즘에도 직접 분장하거나 의상 고
르는 것을 여전히 좋아한다.

Narae style

술집깨기

최근 홍콩에 갔었다.

비행기 이륙하면서부터 술.

도착하면서 술.

숙소에 짐 풀어놓고 술.

편의점 가서 술.

다음날 해장 술.

술집을 찾아다니며,

한 술집마다 두 잔씩만 마셨다.

그 가게에서 제일 맛있는 것과 가장 도수가 높은 술.

어느 홍콩영화의 도장깨기처럼,

나래바 여사장의 여행지 술집깨기

첫날부터 술

이것이 나래바의 길

한 바퀴
돌고 싶어라 `Narae TALK`

한 바퀴 돌고 싶어라

금방 질리는 스타일은 아니지만,

새로운 것, 새로운 일에 도전하기를 좋아한다.

그래서 새로운 장소에 가서 길 외우는 것을 좋아한다.

처음 가는 장소는 한 바퀴 둘러본다.

모르는 걸 못 참는 성격.

길은 내비게이션에 나오는

지리적 길만이 길이 아니다.

사람의 마음에도 길이 있다.

모르는 사람의 마음에 난 길을 따라

휘리릭 한 바퀴 돌고 싶은 날이다.

남자라면 더 좋겠고!

어때?
나랑 새로운
곳으로 가봐?

놀면 뭐해
계속 바쁘게 살아야지
남자도 없는데

4부
번외

전세
산다고
내 인생이
전세살이는
아니다

전월세로 사는 분들 대부분은 어차피 나중에 이사가야 한다는 생각에 인테리어에 크게 신경쓰지 않는다. 하지만 부동산 계약기간 2년을 기준으로 보면, 앞으로 2년간 내가 휴식을 취하는 보금자리가 될 소중한 공간이다. 2년을 전세로 월세로 살았다고 내 인생 전체에서 빼주는 것은 아니지 않는가. 그 2년간 먹고 자고 성장하고 늙어가고, 내 집이나 네 집이나 그만큼 나이들고 시간을 쓰는 것은 똑같지 않은가. 대충 살고 내 집 마련하면 그때 꾸미지 뭐. 내 집 마련할 때쯤이면 이미 늙기 시작한다. 내 집 마련할 기회가 영영 안 올 수도 있다. 젊을 때 꾸미고 살자. 더부살이를 2년 한다고 해서 내 인생이 더부살이는 아니다.

나는 월세도 살았고, 지금은 전세로 살고 있지만. 집주인의 허락을 받고 과감하게 꾸민다. 건물내부 구조를 바꾸는 일이 아니라면 집주인으로선 허락하지 않을 이유가 없다. 물론 형편이 안 되니 거금을 들여 꾸미지는 않는다. 여기저기 발품을 팔고, 친구의 값싼 노동력을 이용하면 아주 저렴하게 내 집을 카페로, 바Bar로 꾸밀 수 있다. 북유럽 스타일이 어떻고 파리·뉴욕 스타일이 어떻고, 그런 거 필요 없다. 완제품을 구입하는 것보다 본인이 직접 조립하는 것이 더 높은 만족감을 준다는 이케아 효과라는 말도 있지 않은가. 원하는 대로 꾸미면 그게 내 공간이 되는 것이다. 나래바처럼.

나래바

시즌
1

나래바 태동기에는 다세대주택에 살았었다. 그 시절에는 초대를 많이 하긴 했어도, 파티를 할 만한 공간은 아니었다. 빌라로 이사를 갔다. 지민 언니가 내게 넘겨준 집이다. 그 집을 잘만 꾸미면 내가 꿈꾸던 나래바를 만들 수 있겠다고 생각했다. 일단 벽 색깔부터 바꿨다. 지민 언니가 살았을 때는 벽돌시트에 화이트를 벽지로 했었는데, 새로운 삶을 꾸리는 공간에 나만의 색으로 바꾸고 싶어 오렌지 계열의 던에드워드 페인트로 한쪽 벽을 칠했다. 돈이 없으니 셀프인테리어로, 위에는 거인 장도연이 칠했고 아래는 정상인 내가 칠했다.

인터넷으로 조명등과 스키장갑을 사서 두꺼비집을 내리고 작업을 했다. 천장에는 3만 원짜리 미러볼(디스코볼)을 달았고, 태국식 포장마차 느낌 나는 무지개색 알전구도 사서 달았다. 아주 저렴한 아일랜드 식탁도 샀는데 예쁘지 않아서 한 판에 2천 원 하는 타일데코를 구매해 붙였다. 종이로 된 헌팅 트로피를 붙이고, 쇠로 된 와인잔꽂이도 설치했다.

이사한 첫 날 페인트를 바르고 이상하게 잠이 빨리와 도연이한테 7시간 뒤에도 내가 안 깨어나면 집으로 찾아오라고 했다. 사흘 내내 잠만 잤다. 쉽게 잠드는 스타일이 아닌데 빨리 잠들었다. 왜일까?

——— 신기루 언니가 술 마시면서
테이블을 피아노치듯 계속 쳐서
타일이 거의 다 너덜너덜

——————— 나래바의 밤은
당신의 낮보다 아름답다?

나래바 생일상 차림

이케아에서 산 만 원짜리 선반

노래방

시즌
2

월세에서 전세로 옮겼다. 물론 절반 이상이 대출이었지만 나래바 시즌 1
보다 형편이 조금 나아지는 상황이었다. 인테리어 공사를 했다. 인테리
어 시공업체에서 한 것은 아니다. 친구 아버지의 도움을 받았다. 총 2백
만 원이 들었는데, 비용의 대부분은 벽지와 현관문 시트지 작업, 블라
인드와 조명을 설치하는 데 들었다.

밤새 술을 마셔야 하는데 빛이 들어와 아침이라는 것을 알면 불안감
이 엄습하니 이를 막기 위해 우드블라인드를 설치했고, 벽 전체를 회
색으로 도배했다. 날 밝았다고 노는 데 끊기면 안 된다. 인테리어를 하
는 친구의 동생이 잠깐 와서 조명을 달아줬다. 히피풍의 빈티지한 느
낌을 주기 위해 어반아웃피터스, 아마존 등 해외 직구를 많이 했다.
테피스트리라고 인도식 문양이 있는 직물을 사서, 패브릭 소파에 덮어
씌웠다. 손님들이 많이 오고 게다가 술과 음식을 먹으니 소파에 음식
물을 흘리는 경우가 많아, 손님이 온다면 소파에 이 천을 미리 깔아둔
다. 바닥에는 유니언잭 문양의 천을 깔고, 20만 원을 들여 이케아 접이
식 테이블과 9천 원 하는 의자를 샀다. 그리고 바나나잎처럼 큰 극락
조화와 선인장을 구입했다. 화분을 좀더 예쁘게 보이기 위해 라탄 바
구니로 꾸몄다.

맨날 변하지 않는 같은 공간에서 술을 마시면 지겹고 답답할 때가 있
다. 어반아웃피터스에 가면 천에 그림이 그려진 태피스트리가 있다.
그 천을 창문에 붙여서 분위기를 낸다. 해변에서 마시는 느낌, 사막에
서 먹는 느낌……

나래바 네온을 설치하고 관람중. 평행이 맞나……

———— 맨날 집에서만 먹으면 답답하다. 그래서 사막에서도 먹고 해변에서도 마신다

나래바 네온 설치 후

이국주 님 증정

생일은 항상 나래바에서

———————— 인터넷으로 산 저렴한 액자를 벽에 걸지 않고 바닥에 뒀다.
전셋집이라 못 박기도 그렇고, 바닥에 두는 게 있어 보인다.

———————— 소파에 천을 깔면 이런 모양.
신기루 언니가 앉은 자리만 꺼져버렸다.
구매한 지 2년밖에 안 됐는데……

—————— 화분이 예쁘지 않아서
7천 원 주고 산 종이 화분커버.

The
paper bag

This bag is made
from organic paper.
It is 100% natural.
180g/m² double-layer paper
white kraft layered
with brown kraft.
Capacity: 33 litres.
100% Ecographik.
Do not throw it away.
It is reusable.

—————— 사슴 헌팅 트로피.
돈 벌어서 종이에서 플라스틱으로 업그레이드.

—————— 하이네켄 맥주 서버
해외 직구로 한 달 걸려 구매한 건데, 돼지코에
꽂았다 전원이 터지는 바람에 A/S 센터에 맡겨서
겨우 고쳐 지금은 도란스를 연결해 쓰고 있다.

—————— 미니홈바
해외 직구로 구매했는데, 값은 30만 원.
배송비용 20만 원. 바퀴가 달려서 스튜
어디스 놀이 하기가 좋다.
(맨 위의 잔은 압생트 전용잔.)

술은 감정을 두 배 정도 올린다.
기쁨도 두 배, 슬픔도 두 배

나래바에서 나눈 슬펐던 이야기는 없다.
나는 슬플 때는 술을 마시지 않는다.
기억에 남지 않을 수도 있겠지만,
만약 슬픈 일이 있어서
나래바에 모였더라도
마지막엔 웃음으로 끝났을 것이다.

나래바

시즌

3

시즌2보다 두 배 정도 규모가 커졌다. 여기 안에서 4차까지 가능하도록 인테리어를 했다.(실내 꾸미기를 좋아하는 분은 아시겠지만 끝이 없다.) 1차는 뉴욕 소호 느낌을 연출한 바Bar다. 여기서 샴페인, 수제 맥주 등을 마실 수 있다. 2차는 프랑스 살롱을 연상할 수 있는 공간으로 디제잉을 즐긴다. 3차는 2층(복층)으로 옮긴다. 방콕의 옥상바가 연상되는 공간으로, 누워서 술을 마실 수 있다. 그다음 4차는 꽘 느낌의 테라스. 사람들은 1층 1차 공간을 좋아할 거라 생각했는데, 방콕의 옥상바를 좋아한다.

————— 뉴욕 소호를 연상시키는 바 스타일.
금속 재질의 선반에 조명을 덧대어 불을 켜면
술과 잔이 빛날 수 있도록 했다.

——————— 어두운 프랑스 살롱 느낌.
벨벳을 사용한 소파는 더러워도 잘 안 보인다.

——————— 부엌은 거의 손대지 않았다.
액자와 테이블만 뒀다.

빈백을 이용해 누워서 마실 수 있는 편안한 공간으로 만들었다.
방콕의 바 느낌이 물씬 나지 않는가? 싸와디캅!

내가 제일 좋아
하는 공간인데, 여름엔 너무 더
워서 겨울엔 너무 추워서 몇 번
사용 못했다

누워서 하늘을 보면 지상낙원이 따로 없다

———— 좋아서 설치했는데,
이렇게 보니 별로네. 바꿔야겠다

———— 솔비, 〈무제〉
술 취해서 지르는 것 자제해
야 하는데……

———— 수제 맥주 서버
거품 맥주를 만들어 먹을 수 있다

———— 팬이 선물해준 레고 초상화

친구들과 약속을 하고 다섯 시간이나 늦어버렸다. 발렌타인 30년산 두 병을 따고 용서받고, 신나게 놀다 헤어졌다.

남들이 없을 때 저도 이렇게 마시고 산답니다

미국에서 한 나래바 출장 파티

나래바 출장 파티. 바질 들어간 엔초비 파스타, 해물 파전, 스테이크, 베이컨 말이, 문어 세비체

나래바 수난시대

나래바에서 도연이가 해물동그랑땡을 구워 먹으려고 프라이팬에 식
용유를 두르고 가스불을 켠 채로 잠이 들었다. 연기가 나고 불날 뻔. 박
사장이 위험을 감지하고 번뜩 일어나 불을 꺼서 화를 모면함. 오늘이
없을 뻔했다

기루 언니가 술 취한 박사장을 침
대에 눕히고 좀 힘이 들어 잠깐
책장에 기댔는데 박사장 위로 책
장이 넘어가 압사당할 뻔했다

박사장 나가면 나래옷 입어
보는 신기루

이사하자마자 나래바에 토해주신 분들

나를 내버려두자!

구체적이고 선명하게 말하기 힘든 평범함. 우리는, 우리가 흔히 생각하는 평범한 삶에서 멀어지거나 유별나게 사는 사람에게 '틀렸다'고 말하는 사람들을 자주 본다. 그들은 진심으로 걱정하고 위로해준다. 하지만 나는 평범하지 않은 것은 '틀린 것'이 아니라 '다른 것'이라고 생각한다. 목적지까지 내비게이션이 알려주는 길로 예상대로 살아가는 것이 대체로 낫다고 생각할 수 있지만, 우리 모두에게 해당하는 하나의 목적지는 죽는 것이고, 그 외에는 제각각이다. 태어날 때부터 죽을 때까지 각자의 삶 아닌가. 평범함에 들려고 노력하지 말고, 그렇다고 남들 삶에 왈가왈부하지도 말고 나답게 살기 위해 나를 내버려두자.

요요요요요~
내인생은 내거에게~

제~라~삐~ 보고있나?

내려놔~~~

내려놔~

내려놔~~

10분

코빅 10분 무대를 위해 아이디어를 짜고 회의하고
연습하고 1주일에 5일을 투자한다.
그러지 않으면 내가 하는 코미디는 금방 도태된다.
공개방송은 즉각적이다. 무대에 오르면 여전히 떨리고 설렌다.
나는 관객들의 환호를 즐긴다.
관객들의 웃음소리가 커질수록 희열을 느낀다.
시간을 들일수록 노력할수록 성과가 좋다는 것은 확실하다.
사람들은 무명생활 10년이라고 고생했다고 애잔하게
나를 바라보기도 하지만, 나는 그 시절이 본무대에 오르기 위해
준비한 시간이라고 생각한다.
시간이 오랠수록 맛도 깊어지는 법이다.
우리나라 고유의 음식인 장처럼.

째깍 째깍
째깍
째깍
째깍 째깍

일주일 같은
10분이었지···

이제
보여주볼까?

"개그맨은 웃기는 사람이지
우스운 사람은 아니다.
사람들은 개그맨이 웃기니까,
마냥 밖에서도 하찮게 볼 때가 있다.
내가 생각하는 개그맨은 종합예술인이다.
기획부터, 무대 동선을 짜고,
소품을 챙기며, 수많은 연습을 하고,
무대에 오른다."

지금 이 시간에도 사람들을 웃기기 위해
트렌드를 찾고 SNS를 서칭하고 인터넷 톡을 살피고,
책을 읽으며 거울을 보고 무대에 설 준비를 하는
개그맨들이 대다수일 것이다.

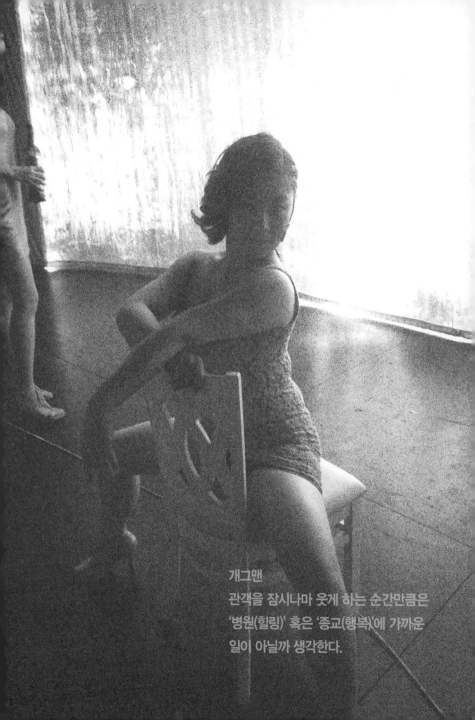

개그맨
관객을 잠시나마 웃게 하는 순간만큼은
'병원(힐링)' 혹은 '종교(행복)'에 가까운
일이 아닐까 생각한다.

연예인이면 연예인이지, 꼭 '여자'를 강조하는 경우가 많다. 여배우, 개그우먼……. 곰곰이 생각해보면 그 안에 여성다움을 바란다는 뜻이 있다. 나는 그 틀을 깨고 싶다. ⑲금 병맛 개그를 제대로 해보고 싶다. 남자들은 위통 까고 노출해가며 개그하는데, 왜 여자들은 그렇게 하면 안 되는데? 여자들도 위통을 벗는 시대가 와야 한다. 나는 이미 준비돼 있다. 어서 기회를 달라!

개그소품의 달인 Narae TALK

소품이나 음악 구성으로 못 웃기면 스스로에게 용납이 안 된다.
소품 준비가 안 돼 못 웃기면 '그 소품이 있었으면 반응 좋았을 텐데'라고
핑계 대는 게 너무 싫다. 내가 준비하고, 내가 만들어야 편하다.
〈패션 넘버 5〉 때는 나의 이런 소품 욕심 때문에 의상팀에서 화가 났
었다. 어떻게 매주 패션학과 학생들 졸업작품전처럼 만드냐고. 그래서
내가 만들어 입겠다고 선언했고, 서수민 PD님이 재봉틀을 사주셨다.
나중에는 재봉틀이 손에 익어 개그맨들 옷 3천 원씩 돈 받고 수선해
주었다.

내 소품은
내가 챙긴다!!

내가 만들겠어!!!

인생 별거 없어!
난 오늘만 산다

오늘만 사는 사람과
내일을 사는 사람이
싸우면 누가 이겨?

내일은 없다 `Narae TALK`

고등학교 때부터 부모님 곁을 떠나 서울에 와 있었기 때문에 가족을 자주 만나지 못했다. 추석이 되어 고향 가려고 버스표를 예매했는데, 친구랑 조금만 더 논다고 늦게 내려갔다. 집에 들어섰는데 이미 아버지가 돌아가셨다. 원래 지병이 있으셨지만 그렇게 빨리 가시리라 생각지 못했다. 애초에 예매했던 버스를 그대로 탔더라면 적어도 아버지 임종은 지켰을 것이다. 나를 참 많이 아껴주셨는데 쓸쓸하게 가셨다.

그때부터인 것 같다.
삶과 죽음이 멀지 않다는 생각.
내가 내일 당장 죽어도 이상하지 않은 세상이라는 생각.

그래서 늘 생각한다.
'내가 내일 죽는다면 오늘 하루는 어떻게 보낼까?'
일할 때 일하고, 놀 때 놀고, 연애할 때 연애하고.
후회 없이 살자고!!

어떤 사람으로? Narae TALK

단단한 사람
유쾌한 사람
참 멋지게 살았던 사람으로 기억되고 싶다.

단단하면서 속이 꽉 찬 옹골찬 사람이고 싶다. 나는 남들의 비난이나 악플에 생각보다 의연한 편이지만 나도 사람인지라 가끔은 상처를 받기도 하고 멘탈이 흔들리기도 한다. 비바람에 꺾여나가고 정으로 내리쳐서 조금씩 깨지더라도 조각이 되는 단단한 돌 같은 그런 사람. 그러면서 고지식하지 않고 유연하고 유쾌한 사람이 되고 싶다. 보기만 해도 기분 좋아지는 사람, 같이 있고 싶은 사람 말이다. 개그맨으로서 얼마나 듣기 좋은 칭찬인가!

그리고 누군가가 내 인생을 말할 때
"그 사람 참 멋지게 살다 갔지"라고 말한다면 참 좋겠다.
지금 나는 나름대로 꽤 멋지게 살고 있다고 생각한다.
누가 뭐라든 이건 내 인생이니깐!!
그런데 생각해보니 누군가의 기억에 남는 것만으로도
멋진 인생인 것 같다.

─────── 나는 내가 망가지는 것이 좋지,
누굴 괴롭히면서 웃기는 사람은 아니다.

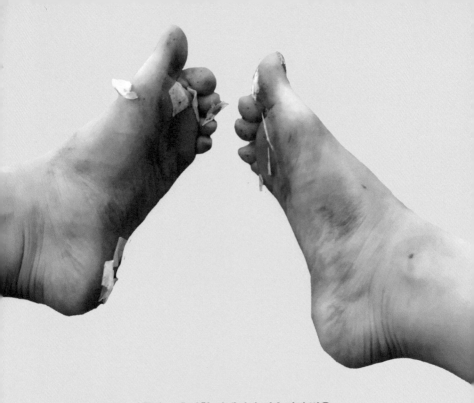

무대 위에서 아름답고 우아한 발레리나 강수진의 발은
발가락 마디마디에 뭉개진 굳은살이 박여 있다.
그라운드에서 엄청난 활동량을 보여 심장이 두 개라는 말을 듣는
축구선수 박지성의 발은 상처투성이에 성하지 못한 발톱을 가졌다.
그리고 개그를 열심히하는 내 발은 그냥 더럽다.
이래서 맨발로 다니면 안 돼……

나오며

여태껏 즐겁게 사느라 꽤 힘들었다.

나래바에 초청하여 술 대고 안주 대느라 꽤 고생했다.

그간 많이 바빠 앞만 보고 달렸는데, 책 작업은 과거로의 여행이더라.

함께한 사람들이 생각났다. 고맙다.

나의 친구들이여, 책에서 그대들의 사진을 좀 팔았다.

내가 제공한 술이며 만들어 먹인 음식이 있으니 이해해다오.

세상에 공짜가 또 어디 있겠는가.

발이 시커멓도록 뛰고 뛰어서 번 돈 어디 쓰겠는가, 술 사고 안줏거리 사지.

책 팔아 번 돈으로도 그대들을 초대할지니.

이 땅의 나래주의자들이여, 모두 지금 행복하자.

지금 행복하지 않으면 영영 행복해질 수 없다.

당장 즐겁지 않으면 앞으로 즐길 날은 오지 않는다.

지금! 당장! 플리즈! Go Go!

수고했다.
집에 가자 이제

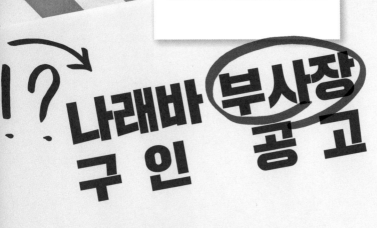

나래바 부사장 구인 공고

!?

1. 사람을 사랑하는 분
2. 만 20세 이상의 남자분
3. 병역 미필. 필. 면제 모두 가능
4. 알코올 분해가 안 되는 간을 지닌 분 불가
5. 씹을 수 있는 건강한 치아. 맛을 아는 둔감한 혀 소유자
6. 밤낮 구별을 하되 밤낮없이 노는 사람
7. 자신이 노는 데 드는 비용을 감당할 수 있는 수입원 가진 분
8. 유머코드와 관계없이 개그맨을 좋아하는 분
9. 노는 데 있어 결혼 전후가 변하지 않을 분
10. 불편하고 낯선 것을 못 참는 분
11. 밤을 좋아하는 분
12. 사장 자리를 넘보지 않는 분

나래바
박사장

부사장 부사장 부사장 부사장 부사장 부사장 구함 부사장 구함

end 또 놀러와

웰컴 나래바!

놀아라, 내일이 없는 것처럼!

1판 1쇄 발행 2017년 12월 22일
1판 3쇄 발행 2018년 1월 12일

지은이 박나래 | 펴낸이 염현숙 | 편집인 신정민

편집 신정민 | 디자인·일러스트 최정윤
마케팅 정민호 이숙재 김희숙 김상만 정현민 김도윤 이천희 오혜림 지문희 이가을 안남영
제작 강신은 김동욱 임현식 | 제작처 한영문화사

펴낸곳 (주)문학동네
출판등록 1993년 10월 22일 제406-2003-000045호
임프린트 싱긋

주소 10881 경기도 파주시 회동길 210
문의전화 031)955-3578(마케팅) 031)955-3583(편집)
팩스 031)955-8855
전자우편 paper@munhak.com

ISBN 978-89-546-4958-2 03800

* 싱긋은 출판그룹 문학동네의 임프린트입니다.
  이 책의 판권은 지은이와 싱긋에 있습니다.
  이 책 내용의 전부 또는 일부를 재사용하려면 반드시 양측의 서면 동의를 받아야 합니다.
* 이 도서의 국립중앙도서관 출판예정도서목록(CIP)은 서지정보유통지원시스템
  홈페이지(http://seoji.nl.go.kr)와 국가자료공동목록시스템(http://www.nl.go.kr/kolisnet)에서
  이용하실 수 있습니다. (CIP제어번호: CIP2017032861)

www.munhak.com